茶山信雄 *Nobuo Chayama*

父と子の戦争

元就出版社

祈りをこめて
世に問う劇的な戦記

伊藤　桂一

「父と子の戦争」と題するこの一巻は、戦後六十年を記念する出版物として、まことに意義深い内容を持っている。父と子に、戦争にかかわる、何らかの記憶や思い出を、忘れがたく抱いている人たちに対しては、さまざまの意味で共感を訴える、格別のドラマを蔵している。

この作品の主人公、父親の諸橋幸吉兵曹長は、昭和二十年二月、第三南方派遣軍中のマニラ防備隊に属する一員として、ジャングル内の洞穴において、米戦車隊の攻撃によって戦死する。陸戦隊の一員である。兵曹長は、日米開戦の時は、重巡「妙高」の一員であったが、対米戦争の戦況の推移によって、乗艦勤務が次第に代わり、運送船隠戸《おんど》を指揮してマニラ海域で戦っていたが、隠戸は十九年十二月に撃沈されている。兵曹長幸吉は、一軍人として、人格清廉、軍務一筋に生きぬいた人である。

軍務多忙の中でも、幸吉には二子を得ることができた。「妙高」が岩国基地に錨を下ろしている時、妻勝代、長男高男（三歳）の家族は、錦帯橋の近くで、家を借りて、しばし家族の団欒が持てた。勝代はこの時、次男健吉を懐胎していて、幸吉を喜ばせたが、それも束の間、真珠湾攻撃により、日米戦が勃発し、幸吉は「妙高」を降り、特務運送艦に乗り、前線に出動してゆく。次男健吉は、ほとんど父の顔を知らぬ間に、遺児となった。

この作品「父と子の戦争」は、次男の健吉の成長してゆく過程での、その経験が主として描いてある。戦後の母子家族の艱苦、父を奪った戦争とは何であったのかを、物心がつき、思考力が育つにつれて、次第に考えを深めてゆく。父の存在へのあこがれ、家族や、家族の周辺の人たちへの思い、さらには戦後の風俗の変化など、次男健吉の思案のやむところはない。戦争――そのものは、考えても、確たる解答は出ない問題である。

兄高男は家計の事情で、伯父の家の養子になる。健吉は、酪農関係の学科のある北海道の国立大学を選んで合格する。戦争遺児の身にとっては、考えることのあまりに多い年月だったが、元気に明るく母親に向けて別れを告げ、亡き父親への祈りを、深く胸に秘めて旅立ってゆく。

＊

因みに、この作品の作者茶山信雄氏は、私とも縁の深い軍事誌「丸」の編集部に長く奉職された人である。この作品の戦記の記述が正確、かつ筆致のたしかなのはそのためである。作者はすでに物故されて久しいが、ご遺族が筐底《きょうてい》に秘められていた遺稿を発見され、関係者の好意のもとに、ここに上梓されることになった。従って、この本は文字通り、父と子の願いをこめて世に出るのである。戦後六十年の歴史の刻み込まれた、なかなかに味わいの深い一巻となった。

一

五月の太陽はすでに夏であった。風もなく、地面に映った影は砂利のために火傷《やけど》のようになって動かなかった。戦友達から献納された桜の若木にも、小さい葉っぱだけは一人前の形をした銀杏《いちょう》にも初夏の香りが吹き出していた。

靖国神社はきょうも参拝人があとをたたなかった。父や夫、また兄弟たちのせめて御霊《みたま》だけにでも会いたいと願う人々であった。神殿をバックに神門前で記念撮影をしている老婦人の一団があった。写真を撮り終わると、日射しを遮《さえぎ》るため再び手拭いやハンカチを頭にのせ、バスガイドの持つ目印の旗を見失うまいとせわしげに参道を歩き出した。餌を啄《ついば》んでいた鳩が、大勢の不規則な足音に驚いてか慌《あわ》てて神門の屋根にとまったまま、急いで遠ざかる老人達を見送っていた。

健吉はその御上《おのぼ》りさんの一行が拝殿の前で我勝ちに賽銭箱に金を投げ入れて柏手を打つまで、桜の木の下に立ってみていた。鳩はやがて舞いおりて、何事もなかったように地面にまかれた餌を拾いはじめた。餌だけであとは何事にも無関心な鳩と、正面の神殿だけでその他のものには興味を示さない老婦人との対照に、健吉は現代社会の真の姿を見たようだった。多少なりとも戦争に関係し、しかも肉親の誰かが英霊として祀《まつ》られているならなおさらのこと靖国神社の存在は否定できない。かといって現代の若者達にとって靖国神社は、単に木の多い広場にしか過ぎないからである。

先程、行き違った老婦人達にしてみれば、戦死した肉親に語りかけ、心のやすらぎを願うかけがえのないものになっている。どの顔も土焼けであろう、褐色の皮膚を汗で光らせていた。「お国のためだ」といわれ、戦争にとられ、そして死んだ男達にかわり、今日まで我武者羅《がむしゃら》に畑仕事にうちこんできた彼女たちの過去は決して明るいものではなかっただろう。あの顔にも、節榑《ふしくれ》立った皺だらけの手にも苦労のあとが刻みこまれていた。一生のうち何度も靖国神社へ参拝できるものではない。ましてこれが最後の参拝になるかもしれない老婦人達の気色が行動をせわしなくしているのであろう。

健吉が二の鳥居をくぐり抜けて再び拝殿の方に目をやると、彼女たちは祭儀所に向かって歩きはじめたところだった。昇殿参拝をしてどっさり報告をし、霊の安らかなることを祈るのであろう。戦死した肉親にとってかわったのは、遺家族という呼び名と苦労、そしてわずかな軍人恩給であった。時が過ぎて労働からも経済的な心配からも解放された今でも、残された彼女達には戦争の悲惨さとかつての血の吐くような苦しい日々を忘れられないだろう。

健吉にも三十年余りにわたって蓄積された苦い気鬱な思い出があった。つい最近まで真剣に考えていたこともあった。

「本当に俺にも親父がいたのだろうか」

健吉は父親の顔を見たことはなかった。いや、生まれてから一年数ヵ月の間は見ていたのであろうが、今は父親というものに関しての記憶は何ひとつない。ただいかめしい准士官の第二種軍服を着て、おつに澄ましている写真の父しか知らないのである。

暖か味もなければ厚みもない写真の父。それはあまりにも父親という存在からは離れすぎていた。そのためか、物ごごろがついた頃から父親というものは我が家にはいないものであり、またいなくともよいものだと信じていた。抱いてもらったり、頬ずりをしてもらったり、話しかけられたりした思い出のない健吉には、父親の存在は特に重要なものではなかった。単純に考えれば、母親さえいればちゃんとごはんを炊いて食べさせてくれると、経済的な面を全く度外視した父親無用論であった。

そんな健吉も小学校に上がり、成長するにしたがって父の存在が気にかかって、何度か母親に聞いたことがあった。その毎に母の言葉は決まっていた。

「あんたらのお父ちゃんはいつでも靖国神社にいやはって、あんたらのすることは何でも見てはるで。せやさかいあんたらがお父ちゃんに会いとうなったら靖国神社へ行ったらええねん」

もちろん靖国神社がどこにあって、その縁起さえ知らなかった頃である。

「ほんならなんで一回も帰ってきやはらへんねんやろ。一年に一回くらい帰ってきたらええのになァ」

母勝代のことばには、靖国神社で用事を済ませていて、いつかは帰って来るような印象を息子達に与えていた。片親がいない引け目を感じさせて、卑屈な子供になってもらいたくない親心であった。

だが、いつしか健吉は大人達の話す言葉の端端から、父は死んで、いないことに気がついていた。しかし、父親が生きていたとしても生活がどのように変わるか予想もできなかった。長い間、祖父と母、そして兄弟二人でやってきた習慣から、今更父親がほしいとは思わなかった。父の存在を思い出すよりも、最初から眼中にない日々を送ったのであった。

健吉は上京して十二年間に何度か靖国神社へやってきた。やがて自分自身で極端な答えを出しているのに気がついた。

「やっぱり俺の父親は靖国神社なんかにはいない。あんな選挙の道具にされるようなとこに……。自分の気持の中にさえいてくれさえすればいいことだ」

自問自答を繰り返し、いままで神殿に向かって真剣に拝んだことのない健吉は安堵感を求めるためにも都合のよい結論へと走っていった。

昭和四十九年――この年の春、またもや靖国法案が提出された。同じ法案が三度廃案になれば、それ以上は提出しないという国会の不文律を犯して、今回で五度目の提案であった。靖国神社の国家護持を大義名分に、遺族団体を選挙の票田とする魂胆は見えすいていた。戦没した肉親をいたむ遺族にとっては、国が戦死者の面倒をみてくれるのならと、靖国法案のもつ意味も考えずに賛成する人が多数いることは事実である。

現に遺族会をバックに〝靖国神社国家護持〟をスローガンにした議員が過去にもいた。七月七日の七夕選挙に、立候補する人のことも噂となって流れていた。すべて票欲しさのポーズなのである。

健吉達母子がかつて貧窮の時、いったい誰が助けてくれたというのだ、自分の都合のいい時だけ頭を下げて何が清き一票をだ、と思わず怒りがこみあげてくるのをおさえることができなかった。二ヵ月後に迫った参院選のことを思うと不愉快さよりも、これまで遺族達が一時的にせよ利用されてきたことが惨めだった。

健吉はいつの間にか大村銅像から右に折れて、靖国通りへ出ていた。しばらく忘れていた喧騒が再び彼のまわりにもどってきた。バスが低速ギアーで重苦しく坂道を上ってサードに入れかえた。

今日の会社での仕事も済ませたことだし、九段下から地下鉄で東京駅へ出て、まだちょっと早かったが家へ帰ることにした。

九段上の交差点では相変わらず車が長い列をつくっていた。渋滞した車を見ながら歩道を歩き始めた健吉は、おもわず左手の靖国神社の生け垣を見て立ち止まった。一メートル四方ほどの看板が、木の間にたてかけてあった。白地に黒ペンキで「靖」の文字が書かれてあった。しばらく行くと次の看板には、今度も同じように「国」の文字が書かれていた。最後まで読み終わると、健吉はいまいましそうな顔をした。

「こんなとこにもみっともない看板立てて……」

健吉は「靖」「国」「神」「社」「護」「持」「は」「国」「の」「手」「で」と一文字ずつつぶやくように読んで、無性に看板を引き抜きたい衝動に駆られていた。さわってみたが動かなかった。本気で引き抜く気持はなかったが、それでも看板の脚にかなりの力を入れて前後にゆさぶってみた。

やはり御霊は、このような神社より肉親の心の奥深くに祀られているのが本当だろうと改めて思った。信仰の自由をまげて、憲法を踏みにじってまで靖国法案を押し通そうとする自民党には嫌悪さえおぼえたのであった。そう思うと健吉は、賽銭も入れず、柏手もうたずにただ黙って神殿の前で、長男が満一歳になった報告をしたような、しないような態度をとった自分が後ろめたかったが、おのずと軽くなっていくようだった。

また、母が子供達の小さい頃から口癖のようにいい続けていた言葉も、まるで根拠のないものであることに自信をもった。

しかし、健吉の父が戦死したことは事実である。それも四年二ヵ月と一年九ヵ月になる二人の兄弟を残し、今の健吉と同じ三十一歳で戦場に赴いたまま再び帰ってはこなかった。健吉も父親になった今、父の重要さをしみじみ感じたのであった。

*

「あんたらのお父ちゃんは、自分から進んで戦争に行かはったんや。そして日本のために立派に戦ォて死なはったお人やで」

幸吉の母ハルは、高男と健吉の前では口癖のように父親を誉め称えた。健吉もハルの言葉を信じ、太平洋戦争で活躍したという父親の姿を思い浮かべては誇りに思っていた。

ハルとしても自分の孫たちに、息子の手柄話のひとつでも聞かせてやろうと軽い気持で何度も繰り返した。子供たちも目を輝かせて祖母の話に聞き入っていたものだった。

健吉にしてみれば、顔も声も覚えていないが、かつて父親がいたというだけで嬉しかった。ハルから活躍ぶりを聞くときは、魔法でもかけられたかのようにうっとりしていた。だが、父親の顔も戦争の実態も知らない幼い兄弟には、父親が戦場で上げていた悲痛な叫び声を知らなかった。ただ祖母の言葉を額面通り信じ込んで成長した。父親は国のため、天皇のために立派に戦って死んだという、その言葉だけを信じて……。

健吉は田舎の高校を終えると大学に通うため単身上京した。大学に入るなら家から通える大学にしてくれという、母親の切なる頼みを振り切って東京にやって来たのは、十三年前であった。

父は戦場で自ら進んで生命を賭して、立派に戦ったと、子守り歌代わりに聞いた祖母の言葉が嘘でないならば、俺もその父親の血を受け継いでいる。従って東京でも北海道でも立派に一人で生活が出来るはずだと考えた。是非試したい衝動が全身を震わせた。

やっとの思いで母を説き伏せた。入学金だけは伯父から返す約束で借り、学資やその他一切の経費は、健吉自身で稼ぎ出す条件で二期校ではあったが国立大学に合格して、奈良を後にしたのであった。

「お父ちゃんを戦死させて、また今、健ちゃんを手放すとは……」

出発の日、駅まで見送りに来た母勝代は目を真ッ赤に泣き腫らしながら訊《き》いた。

上京したものの知人もなく、差し当たって泊まる所もない健吉は、初日から不安に苛《さいな》まれた。

そのとき決まったように祖母の言葉が聞こえてくるようだった。

（そうや、俺は戦場で立派に戦って死んだ父の子や。戦場と違ォて生命の心配のない東京でビクビクすることあらへん）

もし父親が戦場で立派に戦ったのなら、こんなことではへこたれないと自分に言いきかせた。

東京はオリンピックを再来年に控えて、いたるところが掘りかえされていた。そのため仕事はいくらでもあった。健吉は一応、学生課から紹介された目黒の汚れた下宿を決め、翌日からツルハシを握った。二十四時間ぶっ通しで働くと五千円になった。長い間の貧乏生活に慣れ切っていた健吉には、おもしろいほどに稼げた。この調子なら逆に故郷へ仕送りも出来ると思えたほど順調な滑り出しだったが、やがて学校も始まり、土方仕事も夜間だけになって収入も減った。だが、一人で生活するのには充分であった。

夜間の作業にそなえて、昼間でも授業のない時間は、空いている教室で眠るのを日課にしていた。ところが青空と暖かい風に誘われて、靖国神社へ行こうとしたときから健吉の父に対する考え方は大きく転換した。

渋谷までバスで出て、そこから電車に乗り換えようとしたところ、東横デパートの入口で二人の傷痍軍人が、通る人々に向かって土下座をしている姿が目に入った。白い衣服をまとい、色の濃いまるい旧式のサングラスをかけた二人の男は、恨めしそうに激しく行き交う足元に視線を投げかけていた。人々は一瞥するだけで、哀れみを施すこともなく急ぎ足で通り過ぎていく。

一人は義足を無理やり折り曲げて四つん這いになって「異国の丘」を唄っていた。もう一人は義足を取って傍《かたわ》らにきちんと揃え、そして傷口を大衆の面前に晒《さら》し、義手となった右手に白い募金箱をぶらさげて、左手でハーモニカを吹いていた。

健吉は交番の陰に隠れて二人の様子をじっと見ていた。足が地に着いて動けなかった。

(あの人たちも戦争の犠牲者やなァ)

しかし次の瞬間、可哀相だという気持を通り越して、たとえ手足がなくなっても生きて再び故郷へ帰ってこられただけでも幸せだと思った。

(怪我しても故郷の土を踏めただけ幸せというもんや。俺のお父さんは帰りとうても帰れへんかったんや。それにしてもあの人たちはわざと傷口を見せて、まるで戦争での怪我を売り物にしてるみたいやなァ)

健吉は嫌悪感を覚えた。ハムに似た足の切り口を見ていると吐き気さえして、露骨にいやな目で睨んでいた。父親は戦死して、俺は顔さえも覚えていないというのに、あの人たちは生きて帰って来ただけでなく、哀れみを請うているかと思うと妬ましさと恥ずかしさが湧いてきた。

(俺のお父さんも仮りに大怪我しててもええさかい帰って来てくれたらなァ)

健吉はコンクリートの上に這っている二人を見ていると、腹立たしい気持にもなってきた。

それらの感情が、頭の中を交互に駆け回り、最後にはミックスされて重なり合って、そしてあの人たちもやっぱり戦争の犠牲者だと哀れさだけが支配した。

（あの人たちもやっぱり立派に戦って怪我したんやろォな。それにしても周りの人々があまりにも無関心なのはどういう訳や。みんな見るまいとして顔をそむけて歩いているような気がするけど……）

健吉には、行き交う人たちがみんなあの忌まわしい事実を、忘れたいがために目を瞑《つむ》るのか、それともこの国があまりにも栄え過ぎたために忘れてしまったのか、理解は出来なかった。しかし、珍しい人間以外のものでも見るように目をくれる若者や、わざわざ振り向いて笑って去っていくアベックたちにとって、戦争は、遠い昔の出来事でしかなかった。

健吉自身もかつて戦争があったことを久しぶりに思い出した。そしてその戦争で父親が死んだというのに、手足がなくなったとはいえ地べたに這って物乞いをしているのが憎かった。だが、今のこの国の繁栄は、冷たいコンクリートの上に座っている人たちを踏み台にして築かれたものであるのに気がついた。

「お国のため、天皇のため」と自身の意志にもかかわらず、戦火の庭に駆り出され、そして負傷した。ならば国や、自分のために戦ってくれた天皇がもっと親身にこの人たちのことを考えるのが当然ではないか。なのに……。

（そうだ……、天皇が……、天皇が俺の父を殺したんや）

交番の陰から二人を見詰めていたが、傷痍軍人の動きは全く虚《うつ》ろだった。

健吉は、天皇が戦争突入の聖断を下さなければ二百四十万人もの人々が異郷の地で果てることもなかったと考えた。戦争の張本人は天皇だったのだ、ということは直接手を下さなかったが間接的には、戦争を始めさせた天皇が父を死地に追いやったのだとも思った。

ハルは「天皇のため」に立派に戦って死んだことを念仏かお題目のように口にしていたが、実際戦いを許した天皇は生きている。その上、何もしないで日々を送っている。自分のために死んだ多くの兵士、そして今なお傷ついた体を人前に晒し、恥を忍んでいる兵士がいっぱいいるというのに手を差し伸べることもなく、のうのうと暮らしている様を新聞や雑誌に載っていたのを思い出して腹立たしくなっていた。

(心のある天皇やったら出家でもして、兵士の霊を弔《とむら》うのが普通やけど……。お父ちゃんも自ら進んで戦場に行ったけど、あんな天皇のために死んだとわかって、今頃は悔やんでいやはるやろォなァ)

健吉は、ズボンのポケットに両手を突っ込んで、背中をまるめてやっと歩き始めた。いまさら靖国神社へ行く気もなくなり、バス停に向かって混雑の中を人と何度もぶつかりながら歩いた。

彼はこの日以来、祖母の言葉を否定し、母のいう靖国神社も信じられなくなっていった。それればかりではなく天皇を憎んだ。恨みもした。新聞や雑誌に円満で幸せそうな皇族記事が載ると不愉快な気分になった。十八歳にして父親に対する自分の気持を固めつつあったが、敢えて他人に話そうとはしなかった。

天皇に殺された父親のことを……。

戦後十七年経った今、日本国中は繁栄の仮面をかぶっている。だが、その陰で今日まで泣いて暮らして来た人々がいたことを思うとき、健吉は憤懣を押さえ切れなかった。

貧乏のどん底で生きてきた日々は辛かった。そのとき、誰が手を差し伸べて助けてくれたというのだ。苦しかった日を思うと、戦争責任を感じるわけでもなく、かつての忌むべき真実を覆いかぶせて来た天皇の行動が、貧困の底辺を這いずり回ってきた健吉には殊更怨めしい気持で一杯になった。

天皇が父を殺した——。

戦後三十年経てもこの気持は消えるどころか、逆に日に日に健吉の内面に固定観念として根づいていたのであった。

二

健吉の父幸吉は生ッ粋の職業軍人であった。志願兵として入隊し、兵曹長にまで昇進していた。彼の所属は呉だった。だが、岩国に錨を降ろすことが多かった。

妻の勝代も幸吉の身のまわりの世話に岩国へ来ていた。錦川にかかる錦帯橋の傍らに、幸吉の給金で小さいながらも家を借りて、親子三人で何不自由なく暮らしていたのであった。

勝代は、時には一度錨を上げると半年以上も帰ることもない幸吉に代わって、まだやっと歩けるようになったばかりの長男高男をあやしながら、いつまでも夫の留守を待っているのであった。高男の手を引きながら、幸吉の乗艦している妙高の姿をもとめて港へ通じる道を往復したことも何回かあった。その度に期待を裏切られた勝代は、高男の無邪気さにまぎらわすのであった。

（あの人は絶対に帰ってきやはる）

自分に強くいいきかせている勝代であったが、幾日も音信が途絶えるとさすがに不安はかくしきれないものがあった。

真珠湾奇襲攻撃にはじまった日本軍の快進撃を、アメリカ軍が一挙に挽回したミッドウェー海戦——このころより連合軍の逆上陸が続き、しかもドーリットルによる本土初空襲も受けて泥沼の様相を呈しはじめた日本であった。本土近海に敵潜水艦が遊弋《ゆうよく》しはじめたとの噂も、勝代の不安の輪を広げていった。

「アメリカの潜水艦が日本のまわりにいるさかいに、あの人の乗ってはる船が帰ってこられへんのとちがうやろか。潜水艦の隙間みてはよ帰ってきてほしいわ」

誰にいうともなくつぶやいた勝代であった。

七月末の暑い日、勝代はいつものように帰ってくる当てのない夫を迎えに出た。暑さにためらっていたが、高男がしきりと外へ出たがるため、仕方なく高男の手をひいて錦川のほとりを歩いた。外へ出たものの行くあてもなく、錦帯橋の下で高男に水遊びをさせながら、晴天続きで水嵩《みずかさ》の少なくなった川面に目をやっていた。

その時であった。小さな石が飛んできて蛙がはねたような音をさせ、飛沫が川面に飛び散ったかと思うと男の声がした。

「おい、今帰ってきたで。こんな暑い中で何しててんねん。高男にみやげもって帰ってきたさかい、はよ家へ帰ろ」

「なんや、あんたか、ほんまにびっくりしたで。おかえり……。こんどはずいぶん長かったたなァ」

川面を手でたたいて、水が飛び散るのを楽しんでいた高男に父の帰ってきたことを教えるように、橋の上をさかんに指さす勝代であった。

「もう帰ってきやはらへんのかと思てたわァ。さあ高男ちゃん、お父ちゃんやで。ほんまに長い間、高ちゃんをほっといてどこへ行ってやはったんやろなァ」

勝代は幸吉に聞かせるための愚痴を、高男を出《だ》しに使って喋《しゃべ》り続けた。言葉の中には、心配していた夫の顔を見た安堵から寂しさの消えた明るいものがあった。甘えた気持も含まれていた。

「どこへ行っていたかは女房のおまえといえども秘密や。さあ高男、家へ帰ろ」

いうなり幸吉は細長い荷物を勝代にわたして高男を抱きあげた。

久しぶりに夫が帰ってきた嬉しさを隠すことのできる女ではなかった。高男も五ヵ月ぶりに見た父の顔に興奮したのか、この夜は遅くまではしゃぎまわっていた。

「今度はどのくらい家にいられますのや」

「十日はいられるやろな。船は船渠に入れて修理するさかいな。人間も船ももうボロボロや。それに修理が終わっても南方で働いている陸兵さんの弾丸《たま》や食料つみこむさかい、やっぱり十日はかかるやろなァ。それまでに兵隊が呼びにきよったら別やけど」

この時すでに幸吉は、重巡妙高を退艦して特務運送艦に乗っていた。だが、兵装の堅固な妙高ならば勝代もさほど心配はしないだろう、まして帝国海軍の軍人でありながら、菊の御紋章のない運送艦に乗っているとはいえなかった。

「ほな今度は南方へ行かはるのですか。そいでいつ頃帰れますのや」

「今度は長そうやな。軍の秘密で家族にも行先きはいわれへんが、ともかく島から島へ陸揚げしたり、また船積みしたりして運ばならんものがいっぱいあるさかいにな」

「帰ってきてそうそうに出かける話はもうやめましょうな」

涙をこらえきれなくなった勝代は台所へ立った。

「そやそや、さっき高男のおみやげもって帰って来たていうてはったけど一体何ですねん」

「ああせやせや、さっきお前に渡したものどこへ置いた。あれなァ、船に乗ってて暇なときに編んだハンモックや。船ではみんなあれで寝るんやで」

幸吉は細長い包みを開き、部屋いっぱいにハンモックを広げてみせた。唐紙ごしに幸吉の顔を見ていた高男も、台所で食事の後片付けをしていた勝代も白い大きな網の傍らに寄っていた。

それからの数日間は、久しぶりに見た父の顔に人見知りをしていた高男もすっかり幸吉に懐《なっ》いて、平和な家庭らしきものを取り戻していた。だが、八日目の夕刻に幸吉は岩国を出港し、呉に寄った後、日本を離れていった。

必ず帰ってくる保証もなければ、いつ帰ってくるか決まっていないだけに、夫の前途を気遣う時、勝代の胸はしめつけられるように痛んだ。新聞ではさかんにソロモン海戦の誇大戦果を発表していた頃であった。

残暑もやわらいだ頃、勝代は二人目の子供を身籠もったことに気がついた。確信はもてないが、高男を生んだ経験からほぼ間違いのないものだった。やがて医者へ行って自分の勘の正しかったことを確かめた勝代は、高男の手をひいて病院からまっすぐ軍港へきた。立入禁止の看板のさがったフェンスから身を乗り出して、帰港しているはずのない夫の姿をさがしもとめた。一刻も早く妊娠を伝えたい気持でいっぱいだった。それでも興奮を抑え切れない勝代は海をみつめて、独り言でも高男にいうのでもなくつぶやいた。

「あんた、やっと高男の兄弟ができたで。今、岡本先生とこ行って診《み》てもろてきたら、まだようはわからんけど、多分間違いないやろていうてはった」

作業をしている兵隊達にも気がつかないかのようになおも喋り続けた。

「あんたは男の子が五人位ほしいてゆうてたが、女の子かもしれへんで。そんな気ィするわ。せやけど丈夫な子やったらどっちでもええやろ」

頭の上には雨雲が広がり、冷たい風さえ吹き出した。片手を勝代に握られて自由のきかない高男は、それでも空いた手と足で金網にぶらさがり、母の言葉は聞こえない様子をみせていた。

「なにしろはよ帰ってきてほしいわ」

その年もおしつまった雨の降る寒い日に、幸吉は帰ってきた。勝代から妊娠のことを聞いた幸吉は、軍人の顔ではなかった。

「そおかァ。高男よかったなァ。お前に兄弟が出来るんやて。高男と三つちがいやさかい、高男はりっぱなにいちゃんや、泣かさんとあそんでやらなあかんで」

高男を頭の上までもちあげて、あやす幸吉の顔に嬉しさは隠しきれなかった。

「おい勝代、もし今度生まれるのも男の子やったら健吉と名前をつけろよ。せやけど女の子やったら……またあとで考えるわ」

幸吉にしてみれば、次に生まれるのも絶対に男のような気がしてならなかった。

「もう直きに正月や。せやけど俺は船の上やさかい奈良のおじいちゃんとこへ行って正月を迎えたらどうや。せやけどあんまり無理しィなや」

「お腹《なか》の子ももう五ヵ月やさかい心配はあらへんけど、大事をとって汽車に乗るのはやめときます」

「それにしても五月にうまれるというのはええなァ。気候もええし、木も草もみんな生まれかわった時や。いっそのこと子供の日に生まれたらええなァ」

男の子が生まれると決めてかかっている幸吉が勝代にはおかしかった。

出産準備と高男の子守りに明け暮れていつしか桜の花も散り、青葉が目をたのしませる気候になっていた。幸吉はあれから一度だけ家へ帰ってきたが、ゆっくりくつろぐわけでもなく、あわただしく出港していった。

勝代は五月八日、無事に男の子を生んだ。幸吉にいわれた通り、名前を健吉とつけた。新しい家族が増えたことで、最初は珍しがり、戸惑っていた高男もすっかり慣れて二歳半年上の兄貴として面倒をみるまでになった。

健吉が生まれて二十日ほど経った頃、久しぶりに幸吉は帰って来た。

「ほれみィ。やっぱり男や、高男の弟やないか」

服も着替えずに健吉の枕元にあぐらをかき、小さい口だけを無心に動かせて寝入っている生まれたばかりのわが子の顔をのぞきながら、幸吉は低い声でつぶやいた。

「この子等《ら》を死なせたらあかん」

幸吉はそのために、勝代の祖父の実家がある奈良へ帰ることをすすめた。

「この辺りは軍港のあるとこやさかいいつアメリカ軍の攻撃があるやもしれへん。せやさかい一日も早《は》よう奈良の親父《おやじ》さん所《とこ》へ帰った方がええな」

無邪気に遊ぶ高男と、眠り続ける健吉とをかわるがわるみつめながら、いった。いまはすでに勝代の同意を得ている猶予はなかった。それでいて岩国ならば、帰投した時にはちょっとの暇を見付けてこうして子供達の顔を見ることができる。だが、ここにいては敵の攻撃を受けることは確実である。今の場合、妻子の命まで決めかねていた。一日でも早く勝代と高男、それに生まれたばかりの健吉を比較的安全な奈良へ帰らせることを一方的に決めていた。

「俺は明日出港するけど、近いうちに兵隊こさせるさかい、いつでもでかけられる用意だけはしておいた方がええなァ。兵隊には切符の手配と、帰る時に駅まで送っていくようにゆうとくさかいにな」

六月の上旬のどんより曇った日、勝代は生まれて三十日目で、まだ首も完全に座りきらない健吉を背負い、高男の手を引いて奈良に帰ってきた。右手には子供たちの着替えだけをいっぱいつめたふろしき包みをぶらさげて、高男の手をとっての満員列車の旅は楽ではなかった。

幸吉が、生まれた健吉と二度目に会ったのは十九年の八月、暑い日であった。この頃の日本軍は、快調な進撃を続ける連合軍とは逆に暗い敗戦へと歩んでいた。すでにガダルカナル島からは敵機が、太平洋上を跳梁して、ニューギニア、そして日本海軍の太平洋における最大根拠地であったトラック島、ラバウルと主だった島々は連合軍の手中に回帰していった。サイパンが玉砕し、グアム、テニアン島の全滅も時間の問題であった。連合軍がテニアン島を拠点にして、B29による本土爆撃を開始したのもこの頃であった。

突然帰ってきた幸吉は、小さい草履《ぞうり》を足に紐でゆわき、おぼつかない足取りで歩いている健吉の傍らへ寄って行った。健吉は怖いものでも見たように、泣き出しそうな顔をして家の中に駆けこんできた。

「おい健吉、逃げんでもええやないか、お父さんやで」

幸吉の声に風呂の水を汲んでいた勝代が、割烹着で濡れ手を拭きながら駆け寄ってきた。幸吉も健吉を追うのをやめて、勝代に向かってふざけて敬礼をした。長い間家をあけて子供を任せっきりにした夫が、妻に対する精一杯の詫びの気持と、久しぶりに会った家人への挨拶が敬礼にはこめられていた。

「今帰って来たで。奈良は暑いなァ」

「お帰りなさい。しんどかったでしょう」

「今家の中へ入っていったんが健吉やろ。大きィなったなァ。高男はどこへ行ったんや」

「高男はおじいちゃんと裏の畑へ胡瓜《きゅうり》を取りに行ってます。せやけどもう帰ってきますやろ。健ちゃんは、こんな山の中やさかいめったに人に会わへんから、人見知りするようになって……。まあ早《は》よ家の中に入ってくださいな」

幸吉が渡した帽子を持って、あわただしく家の中に入った。後につづいて座敷に上がった幸吉は服を脱ぐと、窓の敷居に腰をかけた。平静を失うまいとしているが、相当疲れていることは勝代の目にはわかった。

「今度はゆっくりしてられますのん」

「いや明日の夜中には出港やさかい、それまでに船に戻らなならんねん」

「もうすぐお風呂が沸きますから入って、家《うち》にいる間だけでもゆっくりしていてください」

勝代は幸吉の脱いだ軍服をハンガーに掛けた。健吉は襖の陰から顔半分だけを出して、幸吉を見つめていた。

「健吉そんな所《とこ》で何してんねん。さあお父ちゃんやで、早《は》よこっちへこんかいな」

母の言葉を無視して脅えたようにじっと動かなかった。

「健吉、お父ちゃんやで、大きィなったなァ。抱いたろこっちへおいで」

幸吉は動こうとしない健吉に業を煮やして自分から健吉に近づいた。それを合図のように健吉は顔を引きつらせて逃げて、泣きだした。勝代の足にしがみつき、母に救いを求めるように懸命に背伸びをして泣きやまなかった。健吉は勝代の顔を見ながら、少しずつ声を大きくしていった。

やがて、祖父源助に連れられた高男が畑から帰って来た。勝代は泣き続けている健吉を抱き上げて井戸端に走った。

「おじいちゃん、あの人が帰ってきやはったで。高ちゃん、お父ちゃんやで。早《は》よ手ェと足洗《あろ》て二階へ行ってみ。おじいちゃんももう畑仕事は終わりやろ。早《は》よ一緒に行ってえな」

まるで子供のようにはしゃぎ、一人で喋り続けた勝代は、思わず恥しくなった。待ちわびていた夫の元気な姿をみて、つい女学生時代の娘のような錯覚を起こした。せきたてるように高男の手足を洗わせると、背中を押して濡れた足のまま高男を二階に上がらせた。源助もよごれた手拭いで額の汗をぬぐいながら続いて上がってきた。

「幸吉《こうき》ッツあん、達者そうやな。いつ呉へついたんや」

「お義父《とう》さん、今帰りました。長い間留守にしまして……。お義父さんも元気そうで安心しましたわ」

「日本はだいぶ押されてきたなァ。このままいったらどないなんねんやろな。アメリカ軍が本土へ上陸《あが》んのんは時間の問題やいう噂やで」

「さあ……。船に乗ってると局地的なことしかわからしません。大勢は内地の人の方がよう知ってんのんとちがいますか」

幸吉は家族に心配をかけたくないためにも言葉を濁した。しかし彼の胸の内にはすでに勝負が見えていた。内地から南方へ輸送する物資は度毎に少なくなっていたし、その途中も制海空権共に連合軍の手にあったので、これまでに何回敵潜水艦の攻撃を受けたかわからなかった。

「そうか、ほなやっぱり日本は敗けるんやな。せやなァ、アメリカみたいな大きな国相手にして勝てるわけないわな、ほんまに……」

幸吉は、源助の話は核心をついていると思った。

「しかし幸吉《こうき》ッあんは大丈夫やろな。あんまり危ない所《とこ》へ行かんといてや。勝代を後家にした上に、こんな小さい子ォを残してもワシはよう面倒見やんでェ」

源助は、軍隊は上官の命令で動き、自分の自由にならないことは百も承知していたが、幸吉に対して自愛の気持を冗談まじりにいった。

「せやけどよう帰って来てくれた。しんどかったやろ。さあ早《は》よ風呂へ入ってゆっくりしなはれ。高男も久しぶりにお父ちゃんと入って背中流したり。勝代、健吉も一緒に入れたったらどや」

高男は早早と裸になると、まだ座ったままの幸吉をもどかしそうに待っていた。健吉は泣きやんではいたが、祖父と話をしている父を、母の陰に隠れるようにして見ていた。

「この子はあとで私《わたし》がいれますさかい、先に高男を入れてやってください」

幸吉と高男が風呂に入っている間に勝代は、健吉を祖父に預けて夕食の支度にかかった。半年ぶりに一家全員が集まってする夕食を整える勝代には、さすがに嬉しさは隠しきれなかった。

何回も台所から風呂場の前へ立って声をかけた。

「いつまで入っていやはりますねん。もうええかげんに出はらんと御飯がさめますで」

その夜の食事は勝代には楽しいものであった。源助もいつもより酒が進んだ。幸吉もしばらくぶりにわが家で囲む食卓に安心したのか、まだいくらも飲まないのに目のまわりを紅潮させていた。やがて源助は酔ったことを理由にして、二人に気を利かせてか寝床に入った。時間は大分《だいぶ》経っていた。既に高男と健吉は寝ていた。

幸吉は珍しく酔っていた。普段いくら飲んでもまるで飲んでないかのように態度の崩れない幸吉であった。だがこの夜に限っては呂律《ろれつ》が多少回らなくなっていた。勝代は結婚して六年目で初めて見る幸吉の姿であった。突然、幸吉は重い口を開いた。

「今度は長いぞ。いつ帰れるか見当もつかんわ。そのつもりしといてや。多分手紙も出せへんと思うわ。

しかしこんな静かな所《とこ》にいたらほんまに天国やなァ。せやけどまだエンジンの音が耳の奥でしてるみたいやわ」

幸吉が話している間に酒を注いだ勝代は、音をさせまいと気を配りながら徳利を食卓に置いた。

「高男も健吉ももう寝たのかな」

「さっき寝たのを自分で見にいかはったやないの。嘘やと思たらその襖開けて見なはれ」

本当に酔ったのか幸吉は、気怠《けだる》げにいった。

「俺は死なへんで」

「ええ……。今なんていわはりましたん」

勝代は幸吉のいったことがはっきりわかったが、呂律が回らなくて、それで聞こえなかったふりをして、もう一度確かめるつもりで聞き返した。

「いや、何んにもない」

というと、幸吉は湯呑み茶碗に残っていた酒を一気に飲み乾すと立ち上がり、子供たちの寝間へ行って静かに横になった。高男の布団の端に寝転がると、童謡を唄い始めた。

「カラス……なぜ泣くの、カラスが山ァに……、かわいい……」

跡切れ跡切れに低く聞こえる幸吉の歌を聞きながら、勝代は食卓を片付けていた。

「ほんまに珍しいなァ。酔っぱらったことのない人があんなに酔うてはる。それに歌なんかも聞いたことがないのに歌も唄いはって」

とその時、正気にもどったかのように半身を起こした幸吉であった。

「おい、明日は早いさかい俺はもう寝るで。後片付けやったら俺がでていってからしたらええがな」

いうと、同時に寝ている高男を抱きあげた。

「何してはんのん。この暑さでまだ本当《ほんま》に寝てるかどうかわからへんのに、そんなことしたら眼ェ覚ましますがな」

勝代の言葉に高男を降ろした幸吉は、健吉の寝間着の乱れているのを直すと、高男と同じように抱きあげた。微動もしない健吉の顔と寝返りを打った高男の顔とを代わるがわる見た。

「お父さんは明日、お前らが寝てる間に行ってしまうけど、お母ちゃんのいうことよう聞いて待ってなあかんで。今度は今までより長いみたいやけど土産はちゃんと持って帰ってくるさかいおとなしいしとれや」

幸吉は息をつまらせた。そしてまた続けた。

「高男は小《ちい》そうても男やさかい、ちゃんとお父さんの代わり、お母ちゃんを助けたれや」

幸吉はそこまでいうのが精一杯だった。健吉を放り出すようにして布団に寝かせると炊事場へ行って、柄杓をかたむけて流れ落ちる水を左手にためて顔をぬぐった。

「ああさっぱりした」

涙に濡れていた顔を水で誤魔化した。

「そんな大きな声を出すと子供らが起きますがな。いつもと様子がちがうけど、どうかしやはったんですか」

勝代はこれまでに見たこともない幸吉の行動に訝《いぶか》しさを覚えた。

「実はなァ。もう日本は敗けるかもしれへん。このままやったらあと何ヵ月もつかわからへん」

まるで敗け戦さの責任が幸吉にあるかのようにいった。

「本当《ほんま》のことというたら、もう日本から出られへんかもしれへん。なにしろ本土のまわりの海には潜水艦がいっぱい来とるさかいにな」

「ほな戦争はもう終わりだすか」

「いやまだわからへん。しかし、このままやったら近いうちに日本は敗けてみんなアメリカの捕虜になるやろ。その後はわからへんけど……」

勝代はこのまま出港して敵の潜水艦に幸吉の乗った船が沈められるよりは、捕虜の方がましだと思った。

「せやさかい今度はいつ帰れるかわからへん。高男と健吉のことはたのんだで。それから俺は今は妙高を降りて運送艦の隠戸《おんど》に乗ってんねん」

　予定通り、幸吉は夜が明けたと同時に呉へ発った。だが、この朝が勝代にも源助にもそして高男と健吉にとっても、父幸吉の姿を見た最後であった。ほとんど昨夜寝なかった勝代は、暗いうちから起きだして朝食の用意をした。俎板の上で単調な包丁の音を繰り返していた。そして昨夜の食事の楽しかったことと共に幸吉の納得のいかない行動を思い出していた。いつものことであったが、勝代は幸吉を送り出す時が一番いやであった。折角帰って来ても出発の日を思うとついつい気が滅入ってしまうのだった。特に当日の朝ともなれば多少諦《あきら》めの気持もないではなかったが、鬱を散ずる方がはるかに強かった。

　幸吉は一箸毎に味を嚙みしめるようにゆっくりと口を動かして朝食を終えると、勝代が用意した新しい下着をつけ、帰って来た時と同じ第二種軍服で身体を包んだ。

「ほんならお義父《とう》さん、いって来ます。勝代、子供たちのことはたのんだで」

　源助の前に正座していた幸吉は、振り返って勝代に言葉少なくいった。

「幸吉《こうき》ッあんも達者でな。無理したらあかんで。十軒町の方に何か言伝《ことづて》はないか」

「昨日《きのう》ちょっと寄って来たけど兄貴がおらへんかったから、会《お》うたついででよろしいさかい、元気で出発したいうことだけいうてもらおうかな。それからお袋には、いつまでも長生きするようにいうてください。なんせ、ここへ来る前ちょっと寄っただけやさかいし、それにお袋にはこんなことというたことないさかい恥していわれへんかった」

　勝代はこの言葉の中にもいつもとちがう幸吉をみたが、話し声に目を覚ました高男に気をとられてそれきり深くは考えなかった。

「さあ高ちゃん、お父ちゃんもう行くんやて。駅まで一緒に送って行こうか」

「かまへん。今はまだ涼しいてええけど、帰りは暑なってるやろし、小ちゃな子供二人も連れてたら難儀するだけや。ほんまにかまへんで」

幸吉は他人行儀ないい方をしたので、嫌われたような気になって、不愉快だった。

「そろそろ時間やさかい行くか。お義父《とう》さんも勝代も身体には気ィつけて……」

幸吉の言葉を潮に勝代は立ち上がると小走りに玄関へ行って、自分の白い割烹着で幸吉の土埃のついた白い靴をふいた。

高男を抱いて出てきた幸吉は、そのまま靴をはいた。勝代は電気にでも打たれたように周章《あわ》てて座敷に取って返し、寝たままの健吉を抱いて再び出てきた。全員が揃ったところで幸吉は長い敬礼をした。

「お父ちゃん、今度はいつ来《く》んの」

高男は長い間会わなかった父に遠慮して、勝代の顔を見上げながら遠回しにいった。

「あほやなァこの子は。お父ちゃんは来やはるのとちがう、帰って来《き》やはるのや」

高男は滅多に家にいることのない父親は、どこからか来るものだと思い込んでいたが、勝代の説明にも合点がいかないらしく、しきりに不条理な顔をしていた。いつしか目を覚ましていた健吉に、幸吉が顔を向けると相変わらず勝代の首に両手をまわしてしがみつき、脅えたような目付きで父を見ていた。

「そういうたら健吉の笑《わろ》た顔は一回も見たことなかったなァ。今度帰って来たときまでに笑い方練習しとけよ」

幸吉は、父として寝ている健吉を一回、それも極《ごく》わずかの時間しか抱いてやれなかった。そのため元気に腕の中で暴れる健吉の重量を実感として味わうことができなかったのを残念に思った。

(俺はこのまま、一生健吉の笑《わろ》た顔は見られへんかもしれんな)

ふと感傷的になった幸吉は、勝代にしがみついている健吉の前に両手を差し出した。

「たまにはお父ちゃんが抱いたろ。早《は》よこっちへおいで、さあ早《は》よォ」

幸吉はどうしても健吉を抱いてやりたいと思った。しかし健吉は母の首に回した両腕に一層力を入れ、ついには勝代の頭の後ろに隠れ、横を向いてしまった。

「えらいすんまへん。さあ健ちゃん、お父さんが抱いたろて」

勝代は健吉の仕付けができていないのは、すべて自分の責任であって父には本当に申し訳ないと心から思った。

「かまへん、かまへん。それよりこんなことしてたら時間に間に合わんようになるわ。ほな行ってくるわ」

「くれぐれも身体には気ィつけてくださいよ。駅まで送って行かへんさかい、高ちゃん、お父ちゃんに早《は》よ帰って来てていうとき」

「お父ちゃん、早《は》よ帰って来てや。お土産たのむわ」

勝代にうながされて出た言葉であったが、高男も本心から早く帰って来てほしいと思っていた。

幸吉は歩きながら振り返った。

「よっしゃ、せやさかいちゃんとお母ちゃんのいうこと聞いておとなしゅうしとれよ」

健吉を抱いた勝代は、高男の手を引いて幸吉の後を追ったが、木の陰になって彼の姿はそれっきり見えなかった。あぶら蝉がひときわ大きな声で鳴き始めた。

三

幸吉が乗った運送艦隠戸は、豊後水道にアメリカの潜水艦が入ったとの情報によって予定よりかなり遅れて呉を出航した。この時は既に敵の潜水艦や機動部隊がいたる所に出没して、日本軍の輸送船団は南方の目的地まで進めなくなっており、仕方なくシンガポールなどに寄港して今の内地で不足している石油や生ゴムというような必要物資を積んで帰って来るケースが多くなっていた。

隠戸は無事に豊後水道を通過して、途中で他の運送艦一隻を潜水艦の攻撃によって失ったものの、奇蹟的にレイテに到着した。

日本軍が占領した島島を奪回した連合軍は近くフィリピンに進攻してくるという噂を、幸吉は耳にした。ために〝捷号《しょうごう》作戦〟が発動され、まもなく戦艦や航空母艦で編成された大機動部隊がレイテ周辺に姿を見せるであろうことも耳にした。

幸吉は次の輸送命令がでないまま、隠戸のデッキに立っていた。毎日繰り返される敵艦載機の見張りを厳重にするよう部下達に伝えた後、手摺りに寄りかかって艦の横腹に打ち当たる小さい波を見つめていた。青く澄みきった南の海は、物を考えさせるには十分な演出をしてくれていた。

(もうじき戦争も終わるやろ。それまで生きてな話にならんけどな。せやけど高男も大きィなってたなァ。健吉は相変わらず勝代に甘えとるやろ。もうちょっと大きィなったら楽やのになァ)

奈良の家へ帰ってまだ一ヵ月余りというのについ子供たちのことを考えていた。気候風土の違う異境がそうさせるのであった。いつの間に来ていたのか、倉田上等兵曹が後ろに立って声を掛けた。

「諸橋兵曹長、こんなところで何をしてはりますねん。早《は》よ中へ入らな定期便が来ますよ」

倉田はしきりにいつも決まった時刻にやってきて、容赦なく攻撃する敵艦載機を気にしていた。

「倉田、お前ん所《とこ》は家が海の傍《そば》やていうてたなァ」

「はい、私の家から海までは五十メートルくらいです。何しろ家の前が海ですから」

「せやったらお前らは子供の頃から海で泳いでたんやな」

倉田は幸吉がこれから何をいおうとするのか見当つかなかったが、問われるままに答えていた。

「はい、私は歩けんうちから海へつれていかれて、四歳になった時には泳いでいたそうです。

私はそんなこと覚えてはいませんけど」

「生まれてすぐから海で育って、ほいで今はまた海の上で仕事をしてる。戦争が終わっても海へ帰ったら一生海で暮らすことになるな」

「私とこは漁師ですからそんなことは気になりません」

幸吉は、目の下に続くどこかの海で戦死しても、一生海から離れられない因果関係にあることを遠回しにいってみた。しかし、倉田は気がつかなかった。それどころか戦死することは全く考えていないように言葉を続けた。

「兵曹長のお宅は奈良市内でも京都との県境に近い方やいうてはりましたな。ほな海までは大分ありますやろ。どうです、戦争が終わったら御家族揃って私の家へ遊びに来てください。うまい魚どっさり御馳走しますから。そういうたら高男ちゃんはもう大きィならはったでしょう。この前岩国で会《お》うた時はまだこんなに小さかったのに」

倉田は腕を下げて、手の平を下にして高男の頭の上あたりを示した。

「うん、この間帰ったときはもっと大きかったな。ところでお前の所《とこ》の子は女やったな。もう三歳になるか」

「うちはもう直き三ツになりますけど、女やさかい楽しみはないですわ」

倉田は嬉しそうに笑った。女の子でも十分満足していたのだった。幸吉にもそれがわかった。

これまで幸吉と倉田は、持場が同じ甲板である以上に隣合わせの県人同士であることに親近感を持っていた。和歌山出身の倉田は、幸吉にとって艦内で気楽に関西弁を使って話し合える唯一の人間であった。

「倉田、俺もなァ、奈良に海はないけど好きやねん。ないさかい余計に好きになったんかもしれへんけどな。海軍に入る時でも、男やったらいつかは軍隊に引っ張られるやろ。ほんなら一層のこと海軍に入って、船に乗ろ思ォて志願したんや」

二人だけの時は上官と部下の関係というより、仲のよい友人であった。

「ところで戦争終わったお前の家へ寄せてもらうさかい子供たち泳ぎ教えたってや。いつのことになるやらわからへんけどな。このままいったら、ずっとそんな機会は来やへんかもしれんけど……」

「ええッ、何んですってェ。ほなら日本は敗けるとでもいうのですか」

幸吉は、話の終わりの方をわざとぼかすようにいったつもりであったが、耳聴《ざと》い倉田は気がついて、言葉尻をつかんで今にも食ってかかろうという剣幕であった。

「いやそういうつもりでいうたのではない。ただ、もしかしたら……ということや。近じかアメリカ軍はフィリピンを取り戻そう思うてえらい数の船で攻めて来るという噂を聞いたやろ。そこで日本は残り少ない戦艦と空母を寄せ集めてここへ来るそうやけど、これらの船がもし全部沈められたら一体どないなるんや。アメリカは次から次へ船を造るだけの力はあるけど、今の日本はとてもやないけどそんな真似はでけへん。補給路を断たれて敵と戦う前に餓死しやはった兵隊もたくさんいること知ってるやろ」

幸吉は日頃思っていたことを、倉田の前で洗いざらいぶちまけた。もうここまで来た以上は、士気の高揚は二の次にして倉田には考える余裕を与えて、何んとしてでも生きてほしいと思った。気持の準備もさせてやりたかった。しかし倉田はわかってくれなかった。いや日本の敗戦は頭から否定してわかろうとはしなかった。

「兵曹長、日本にはまだ大和、武蔵があります。これが沈まない限り日本は負けません」

倉田は顔と言葉に怒気を露骨に表わして艦橋に姿を消した。幸吉には倉田の敗けたくはないという気持はよくわかった。できることなら敗けたくない、という自分の気持も同じであった。だが、物量を誇るアメリカはじめ海軍王国のイギリスをも相手にして、小さな島国である日本が勝てるはずがない。緒戦の頃なら多少の希望というよりも、絶対勝つ意気込みであったのが、今となっては可惜《あたら》尊い人命と国民の期待を担って建造された貴重な艦船を消耗させるだけだ。先の見える戦《いく》さはしたくないと思った。

(あいつもこのままいったら日本は負けるのを知らん訳はないのに、なんであんなに意地を張る必要があるんやろ。もっと素直に話はできんかな)

一人ッ児として育った倉田にもしものことがあった場合、両親や妻子が悲しむのは当然だが、直属の上官である幸吉もいやな思いをするだろうと思った。幸吉は戦争に敗けるのが恐ろしいとも思った。これまでに戦死した人達には気の毒だが、今日の今ここで戦争が終わって内地へ帰れればよいが、というのが幸吉の正直な気持であった。

いつか幸吉を乗せた隠戸は、南方の島島から転進する陸軍兵士を載せて再びマニラ港に向かっていた。内地に必要物資を取りに戻るにも、敵の潜水艦と艦載機によって太平洋上に線を引いたように、そこから出ることも入ることも出来ない状態となっていたため、仕方なく島と島の間の輸送に従事していた。

間もなくマニラ湾口にさしかかろうとする時であった。幸吉は風にでも当たろうかと、舫《もや》い綱の点検を兼ねて前部上甲板に出た。艦首によって出来た白い波が、後ろへと遠去かり、いつまでも航跡となって残っているのを美しいと思って見ていた。先程まで潜水艦に追尾され、之字運動を繰り返していたが、今は僚艦とともに目の前のマニラ湾に急いでいた。

幸吉は、狭い艦内では合わす顔も決まっていたこともあっていつしか陸兵とも親しくなっていた。

「海軍さん、本当に御苦労さんですねェ。あそこにぼんやり見えるのが、そうですね。じゃあもう直ぐ着きますね」

これまで顔はたびたび見て知ってはいたが、話すのは初めてだった。三十をちょっと過ぎた神経質そうな顔に、口に泡をためてゆっくりと話し始めた。

「潜水艦はもうつけて来ませんか」

「もう大丈夫でしょう。きっとどこかに日本の機動部隊でも捕捉したという報告でも受けて、そっちへ行ったのでしょう」

幸吉は義理で答えるようにぶっきらぼうにいった。

「どうです一服」

幸吉がさし出したタバコを遠慮しながらぬき取った陸兵は、端を神経質そうに指でつまんでつぶして口に銜《くわ》えた。

「海軍さんはいいなァ。タバコも豊富だし、食いものなんかも船に乗ってから全然違っちゃって、滋養の取り過ぎではないかと心配してるんですよ」

「そんなことはないですよ。我々もこのところタバコは不足勝ちだし、食糧だって内地へ帰れないため、野菜が全然ないんですよ」

　幸吉は、陸兵がタバコをもらってお世辞をいっていることはわかったが、海軍だって命を賭けて必死に戦っているのに、陸軍の兵隊から、海軍はいい目を見ているといわれたような気がして腹を立てた。陸兵はつぶしたタバコを銜えて、胸ポケットのあたりを両手で軽く叩いて、マッチを探す仕種をした。幸吉が自分のタバコに火をつけて、その火をちかづけてやると、勿体無さそうに何度も頭を下げて火をつけると、煙を大きく吸い込んだ。そしてしばらく目を瞑って、やがて大きく静かに煙をはき出すと喋り始めた。

「自分らはこの船に乗るまで食い物らしいものは食っていなかったんですよ。なにしろ米を食ったなんてェのは何日ぶりですかなァ」

　幸吉は飛び去る煙を見ながら、黙って聞いていた。

「それまでは木の根を食べたり、蛇を食べたり……、でも蛇や蜥蜴《とかげ》はうまかったなァ。だがいつもすぐ手に入るものではないですがね」

　陸兵は顎よりもへこんだような頬に目だけをぎょろつかせてなおも続けた。

「ところで兵曹長にはお子さんはいますか」

制海空権が完全に連合軍の手に帰した今、緊張しきった艦内生活で田舎のことや、家族のことは忘れ勝ちな幸吉であったが、陸兵の惨めな話を聞かされていたためか、子供のことになって何か救われたような気になった。タバコを海の中に投げ捨てると陸兵の方を見た。

「おりますよ。もうすぐ四ツになるのと一ツのが……。どちらも男ですけれどね」

幸吉は子供のことともなると関西弁が出るのを精一杯我慢して、標準語を使った。

「お二人とも男のお子さんですか。いいですねェ。自分のところは女の子が一人いるんです。もう六ツです」

陸兵は短くなったタバコの煙を肺の奥深くへためて、話しながら鼻の穴から出した。

「でも私なんざァ中国からこっちへ送られて来たので、もう四年も家へ帰っていませんや。まして手紙もこの頃ではついぞきませんからね。今では娘もどんな顔をしていたのか忘れちゃいましたよ」

陸兵は娘の顔を決して忘れてはいなかった。彼は誰でもかまわず、こんな哀れな男を早く故郷へ帰らせてほしいと、幸吉にさえ哀願の色を浮かべるのだった。幸吉はそんな陸兵がかわいそうになった。自分だって早く帰って高男と健吉を抱きたいと思った。

今戦っている日本軍、いや連合軍を含めた兵隊の全てが一刻も早く戦争を終わらせて故郷に帰り、平和な家庭を築きたいと思っているだろう。戦争の上に成り立った平和など誰も願っていないはずだ、と考えると無意味に命のやり取りをする戦争が途轍もなく大きな間違いを犯しているように思えた。

「対潜警戒配置につけ」

スピーカーが怒鳴ったのを機会に、幸吉は急いで前甲板を離れた。

別れ際に、上州訛《なま》りのある陸兵は中原と名乗った。彼とはその後、船から降りるまでに一度だけ会ったが、船から降りて間もなく敵の艦載機の機銃掃射を浴びて戦死したとの噂を聞いた。故郷に残した家族のことを思うと胸がつまるようだった。まして娘の成長も知らず、異境で果てた中原は残念であっただろうと思った。お国のため、天皇陛下のためと死んでいった人間はいいとしても、残された肉親を改めて思うとき幸吉の肩は小さく震えた。

運送艦隠戸はキャビテ湾にさしかかっていた。かつては賑わった湾内もいまでは一隻も味方艦艇の姿は見えなかった。輸送船らしきものが海中からマストだけを海面に突き出しているのが唯一の友軍艦艇だった。列国に誇った帝国海軍の姿はそこにはなかった。

二十日程前のことである。連合軍の進攻を食い止めるため、機動部隊を編成してフィリピン近海に出撃した日本海軍は、連絡の疎通を欠いたこともあって、西村部隊は全滅し、栗田、小沢両部隊はほうほうの体で逃げた。捷号作戦も失敗した日本海軍に残る戦艦は大和、長門、金剛、榛名、伊勢、日向だけとなったが、いずれも手負いであった。もはや戦局の打開は不可能なまでに追いつめられていたのであった。

それを証明するかのように湾内に僚艦艇の姿が見えないのを知ったとき、陸海軍の将兵すべてに暗い翳が走った。みんなの顔には上陸してから遭遇する敵との戦闘に対する不安と、といって上陸せずに船に残っていて敵機や潜水艦による攻撃に対する不安が交差しているのがありありと見えた。

陸軍兵士を満載した輸送船団は容赦なく岸との距離を縮めていった。やがて上陸用意が合図された。兵隊たちは一斉にくたびれた靴の紐を締め直し、だらだらと甲板に集まって来た。どの顔にも生気は失われていた。

とその時であった。隠戸の船底に大きなショックが感じられた。前後に大きく揺れたあと急に停止してしまった。立ち上がっていたほとんどの兵隊たちは前につんのめって止まった。

「しまった、魚雷にやられたか」

幸吉は一瞬考えた。

「魚雷ならば早く陸さんを退避させなければ、止どめの一発が来るだろう」

幸吉は短い時間の中で、まず陸軍兵士の身の安全を思った。

「折角ここまで来ていながら、みすみす大事な兵隊を見殺しにすることは出来へん」

だんだん平静さを取り戻して来た彼は、船が揺れていないのに気がついた。船に不慣れな陸兵たちは勝手に流言を飛ばし、狭い艦内を左舷から右舷へ、前甲板から後甲板へと移動する重さによって船は揺れているだけであった。

(もしかしたら暗礁に乗り上げたんや)

幸吉は衝撃を受けてから瞬時にして、いろいろ考えた末の結論を出した。そう思うと艦橋に走った。

やはり魚雷ではなく、暗礁に乗り上げたのであった。ただちに非常呼集の命令が下されて、総員は後部甲板に集合した。

「本艦は暗礁に乗り上げて、現在のところ自力脱出は不可能である。これから陸さんを上陸させるが、岸まではおよそ一五〇〇メートルである。他の船に救助を依頼したが、いつ敵の攻撃があるやもしれんので移乗は速やかに行なうように」

艦長に代わって叫ぶ副長の顔には緊張の色が走っていた。

「本艦は今夜半の満潮を期して自力脱出を試みる。よって甲板下士官は残って上杉大尉の指示を受け、他の者は一時退艦せよ」

副長は引きつった顔で口早やに告げた。続いて、

「泳ぐ自信のある者は泳いでもらいたい。なにしろ事態は急を要するから」

とつけ加えると足早やに艦橋に姿を消した。隠戸から連絡を受けた船団護衛の駆逐艦と二隻の僚船はやがてこちらに向かって来た。間もなくして横付けすると陸兵と、運航指揮官、艦長など主だった者を移乗させ終わると急いで隠戸を離れた。

幸吉は准士官で、下士官ではなかったが、甲板部員として先に上陸するわけにもいかなかった。直属の上官である上杉大尉に、幸吉の気持を伝えた。

「私もここに残り、部下に直接指図をしてやりたいと思いますので、できればこの艦にのこしてください」

「一緒にいてくれるか。俺も兵曹長がいてくれたら心強いからな」

幸吉はお世辞にも自分を頼りにしていてくれると思うと嬉しかった。上杉の言葉が終わるの

を待ちかねて、口を開いた。

「私は船底の損傷箇所を見て来ます」

今の場合、一刻も早く艦の状態が知りたかった。先程まであれだけ陸軍兵士が乗っていたのが嘘のようにがらんとした艦内を走って前部船倉に急いだ。暗礁に乗り上げた衝撃で船底の溶接に亀裂が入り、すでに夥《おびただ》しい海水が流れ込んでいた。工作班の懸命の排水作業にもかかわらず一向に減る気配がなかった。それでもどうにか浸水は食い止めた。

その夜、満潮をまって隠戸を暗礁から離脱することに成功したものの、思ったより損傷は大きかった。内地に回航して大がかりな修理を必要とした。仕方なく現地で応急修理だけは施したが、長い航海に耐えられるものではなかった。仮りに内地に向かって出港しても、船底の損傷による速力の低下は隠しようもなかった。まして敵に遭遇した時、あの激しい敵弾回避のための之字運動は不可能であろうとの意見が大勢を占めていた。

やむなく隠戸は、潜水艦の湾内進入を阻止するための障害物として海底に沈めることになった。大正十二年三月に竣工し、太平洋戦争の開戦時には第六艦隊に編入されて以来、艦首に菊の御紋章こそなかったものの、縁の下の力持ちとして地味な道を歩んで来た隠戸も、昭和十九年十二月二十日、多くの乗組員に惜しまれながら二十二年の生涯を閉じるのである。

幸吉はいたたまらない気持だった。妙高から転属して僅か一年余りとはいえ、傷ついた老兵を前にして感傷的になっていた。幸吉はもとより感じやすい質だった。

「出来ることならもう一度内地へ回航して、そこでゆっくり休ませてやりたい」

不可能なことであるのは誰よりも知っている幸吉であったが、これまでに尽くしてくれた隠戸を自分の手で沈めるのは忍びなかった。

「俺がやらなくとも誰かがやる。そしたらいっそのこと俺の手で……」

幸吉は自らの手で思いきって注水バルブを開き、しばらく流れ込んで来る海水を見ていたが、倉田上等兵曹の声に急いで内火艇に乗って隠戸を離れた。しばらく浮かんでいた隠戸も、幸吉が気が付いた時には既に海面にその姿はなかった。

＊

幸吉たち隠戸乗組員は特別陸戦隊として、第三南方派遣軍のマニラ防備隊に編入された。日本軍が太平洋攻防戦において最後の砦として死守するフィリピン——昭和十七年一月、一度は日本軍の手中に陥ちたフィリピンであった。時の米軍司令官D・マッカーサーには日本軍の進撃から逃れる寸前に残した〝I shall return〟の名文句があった。この広言通り、連合軍は再び進撃を開始し、奪回を計った。食料、弾薬の補給を断たれた日本軍は目に見えて戦力が低下していった。フィリピンを連合軍の手に帰してはいよいよ本土が危ないと、陸海軍の別なく最後の一兵までとの気構えをもって戦闘に臨んだものの、もはや大和魂と肉弾だけではどうすることもできなかった。

不慣れな陸上戦闘に三ヵ月を過ごした幸吉も、おぼろげながらフィリピンの地形やジャングル戦の要領を体得していた。だが、執拗な連合軍の艦砲射撃と空からの攻撃には閉口していた。

休む手も見せないで昼夜続けられた猛攻に、さすがの幸吉も飢えと睡眠不足から既に限界を超越して、今にも気が狂うようだった。

（こんなに苦しむんやったら早《は》よ死んだ方がましや）

何度考え、思いつめたことだったろうか。その度に故郷に残してきた母や妻子にもう一度会うまではと、重い瞼を無理に見開き、もつれる足で密林をはいずりまわった。栄養失調によって浮腫《むく》んだ手足を見ている自分が情けなかった。

「もう俺は今までやるだけのことはやってきた。非国民やいわれてもかまへんさかい、今夜現住民の舟を盗んで家へ帰ろかなァ。そうや倉田も一緒に連れて帰ったろォ。二人いた方が何かと便利やろ」

幸吉は一瞬の間ではあったが、正常な思考さえ忘れることがあった。彼自身は大真面目であった。次の瞬間には幸吉は、普段と変わらない温厚で、暖か味のある人間に変わっていた。殺伐たる戦場では、人の生死を決める前に精神を変えてしまうらしい。正常に返った幸吉は、何とつまらないことを考えていたのだろう、人に話さなくてよかった、と思うことが何度かあった。現に幻想を見る回数が増え、その間が短くなってついには発狂してジャングルを裸で歩き、敵の機銃に倒れた戦友も見て来た。

「あかんあかん、やっぱり俺も凡人や。このくらいのことで音《ね》を上げてたら帝国海軍の軍人やいえへん」

幸吉はこれまで体力はもちろん精神的に強い人間だと自分自身で思いこんでいたが、実際には弱い人間であることをマニラに上陸して初めて知った。それでも今日まで自分を欺き、部下を家族を欺いてきたのが恥しいと思った。

「きっとみんな同じ気持や。せやのに俺だけ、兵曹長の俺だけが気の弱いことではあかんやないか」

　幸吉は自分自身を叱咤した。

　二月も間もなく終わろうとしていた。最近では日本軍が得意とする夜襲のお株を奪い、夜になると夜襲を敢行して米軍キャンプに近づいては食料などを失敬して、その日を過ごしていた。従って夜に行動を起こすために、明るい間は敵の目から逃れるのと体を休ませるようにと付近の洞穴でじっとしていることが多かった。

　隠戸を自沈する前に艦首に翻《ひるがえ》っていた軍艦旗は降納して、隊旗として常に部隊の先頭にあったが、長いジャングルの行動によっていつの間にか原形をとどめないほど破れていた。それでも陸戦隊の象徴として洞穴の奥に立てかけてあった。

　みんなはほとんど口を利かなくなっていた。恐ろしいものが近よってきた時、息を殺してただ黙って、それが通り過ぎるのを待っている子供の心理に似ていた。ある者は夜襲に備えて眠りを貪《むさぼ》り、またある者は手垢に汚れて変色しボロボロになった家族の写真を虚《うつ》ろな目をしてながめていた。壁に寄りかかり、何を考えてか一人で薄気味悪く笑っている水兵もいた。傷を負っている者は薬もなく、まして医者もなくただ傷口が悪化していくのを見ているより他に方法がないので、一層哀れであった。

上杉大尉もいつしか行方がわからなくなっていた。幸吉は上杉に代わってみんなを統率する立場にあった。何んとか元気づけてやりたいと思った。

「おいみんな、俺たちが今こうして敵を引きつけて苦戦している間に艦隊は再編成されて、きっと近いうちに我々を迎えに来てくれるはずや。それまでもうちょっとの辛抱や。それまで待とやないか」

幸吉は口から出まかせをいうのが精一杯で、関西弁が混じっているのに気がつかなかった。しかし、疲れきっている者たちからは何んの反応もなかった。それどころか、

「大和、武蔵がある限り日本は絶対に負けることはありません」

と、かつて挑発的な言葉を吐いた倉田も、今では見る影もないくらいしょげ返っていた。

「おい、もうちょっとの辛抱やないか。それまで元気出せよ」

幸吉は、今度は熱っぽく一人一人に語りかけるようにいった。彼はなおも諦めることなく説いた。するとそれまで横になっていた一人の水兵が上半身を起こして、不貞腐《ふてくさ》れた口調で反論した。

「兵曹長、兵曹長はいつ……常にわれわれと行動を一緒にして来た兵曹長が一体どこでそんな情報を手に入れたんですか。もうわかりましたよ、気休めは……我々は覚悟してるんですから」

そこまで今にも泣きだしそうにいうと、再び横になり、そして幸吉に背中を向けた。

幸吉は、この若い水兵たちをもう一度両親のもとに帰してやりたいと思った。二十歳《はたち》そこそ

こで、好むと好まざるとにかかわらず戦場にかり出だれ、今は既に生きる確率も零に近くなった。敵の上陸部隊がここにやって来るのは最早時間の問題であることに気がついた幸吉は、一時退却して態勢を立て直そうと決めた。逃げるのではない、一時退却するだけだ、そのうち何かよい知恵も浮かぶだろうと考えた。

「みんな聞いてくれ。いつまでもここにこうしていては、敵の弾で死ぬのを待つだけや。だからいっそのことジャングルの奥の方へ一時退却することにしようと思うが、みなはどう思う」

今の場合は明らかに逃げるのであるが、幸吉の帝国海軍の軍人としてのプライドがそれをいわせなかった。

「俺も命が惜しい。内地に帰って子供らにも会いたい。そのためにも、まして日本のためにも今は生きのびて機会を待とうやないか。今死んでも犬死にや。そんな死に方して昔みたいに平和な日本になるとは思われんが……」

ここまで話し終わって幸吉はみんなの反応を確かめた。明らかに、日本の平和、家族などと久しぶりに聞く言葉に動揺しはじめたのが幸吉にもわかった。

「それでいつ出発するんですか」

突然、それまで幸吉に背を向けたまま横になって、彼の言葉を頭から否定していた先程の若い水兵が口火を切った。

「そうやなァ、早い方がええな、今夜にでも出発しよう。歩けん者は、元気な者の肩を借りても行くようにな。

そう決まったら早速《さっそく》身のまわりの物を整理して、暗くなるまでの間寝ることにしようや」

幸吉の計画に一人でも賛同してくれた者がいたことが彼は嬉しかった。だがこれから先、不安内なジャングルの行軍を思うと、胸に鉛をつめこまれたような重苦しさが襲って来た。今も近くで撃ち合いが続いていて、機関銃や大口径砲の音が絶えることはなかった。

幸吉の計画に微かながらも生きることへの希望を見出した元隠戸乗組員たちは、一人二人とついにはみんなが旅立ちの準備をはじめた。ゆっくりではあったが、今ではみんなが俺についてて来てくれるのだと思った時、もしかしたら本当に内地に帰れるかも知れないと思いはじめた。

次の瞬間、近くに落下した砲弾によって、この僅かな希望も打ち砕かれてしまった。

「おいみんな起きろ、敵は近いぞ」

幸吉は横になっていた身体を起こしながら、声をかけた。

「今の間に銃の点検をしておけ」

と、続いて怒鳴った。

同時に、俄かに砲撃が激しくなり、その合間に不規則なエンジンの音が聞こえた。その音は砲撃によってすぐにかき消されたが、まさしく力強い戦車のエンジン音だった。だんだん幸吉たちの方へ近づいてきた。もう疑う余地はない。

「戦車だ！」

誰かが叫んだが、それが誰であったか幸吉にはわからなかった。彼にも戦慄が走った。身体中の血が一度に脂汗となって流れ出るような気がした。戦車が味方のものか、敵のものかを確認することも忘れるほど慌てていた。幸吉が努めて平静さを取り戻した時には、木の間に濃緑色に塗られた戦車の砲塔と、こっちに向けられている砲身が見えた。やはり敵の戦車だと気がついてはみたものの、戦車とこんな間近で遭遇したことのない幸吉には、瞬間的にどんな命令を出して、どうすればよいかわからなかった。余程慌てていたのだろう、それでも一応命令は下した。

「戦闘用意ッ」

だがこの命令を最後までいい終わらないその瞬間、あたりは大音響と爆風に包まれた。

どのくらい時間が経過したのだろう、静かになっていた。幸吉はようやく顔を上げて周囲をみわたして、起き上がろうとした。洞穴の中は、火薬と土の臭いがして、まだ煙が立ちこめていた。

急いでここからでなければと、立って歩こうとした。だが体中に力が入らず、そのまままた地面に横たわってしまった。

「腹をやられたらしいな。止血せなあかんなァ」

意識だけはしっかりしていた。しかし首から下は他人の身体のようだった。衣服が朱《あか》く血に染まるのに反比例して、幸吉の頭はみるみる血の気が失せて青くなっていった。

「みんなはどうしたんやろ」

幸吉は力の入らない腹をかばって口先だけで呼んでみた。しかしその声は小さく低く跡切れた。

「生きてんのは俺だけか。なんや身体が楽になってきたなァ。……水が飲みたいな。このままここにずっと寝てたいなァ」

既に幸吉は首を動かすことも出来ず、ただ瞬《またた》きもせずに目を見開いたまま洞穴の天井を見つめるだけだった。その反対に頭は益々冴えていろいろのことを考えた。

「このままじっと寝ていたいなァ」

幸吉は同じことを繰り返し思った。

「痛いこともないし、寒いこともないしええ気持や。せやけどこんなことしてたら高男にも健吉にも会えへん」

ふと故郷のことに思いが走った。

「あいつら大きなりよったやろなァ。せや、高男は今年から幼稚園やなァ。行きたい行きたいいうとったが、もう鞄や靴を買《こ》ォてもらいよったかな。

健吉も大きなったやろ。もう何んでも喋りよるやろな。この前帰ったときはよちよち歩いとったさかい、今では走りまわって勝代を困らせとるやろなァ。そうや、健吉の笑《わろ》た顔は見たことないな。この前帰った時は、勝代の後ろに隠れて泣きそうな顔しとったもんなァ。ちょっとでもええさかい見たかったたな」

幸吉はいろいろ過去のことを思い出した。中でも幼い健吉のことが気がかりだった。

相変わらず激しい戦闘が続いていた。遠くで雷に似た爆弾の炸裂が聞こえた。近くでは砲弾が破裂して、洞穴を震わせた。両方の音が同時に響くこともあった。が、一発の砲弾によって鼓膜を破られた幸吉には何も聞こえなかった。

「静かやなァ。生きてんのは俺だけかな。それともみんな逃げてしもたのかな。そんなことはない、穴の奥にいた俺がこれやさかい、入口にいた奴らは……」

幸吉の考えは正しかった。砲弾が命中したと同時に、十二人になっていた隠戸乗組員のうちほとんどは即死したのだった。最初幸吉を非難した若い水兵の身体は、小さな肉片となって方方に飛び散った。その肉塊のいくつかは洞穴の壁にもこびりついていた。

倉田も死んだ。右腕と右腰をめちゃめちゃに砕かれて即死だった。五体満足な遺体はどこにもなかった。ある者は顔と頭をやられて身体の前後の判別も容易に出来なかったし、またある者は腹を抉《えぐ》られて内臓を露出したまま血糊の中に倒れていた。

かろうじて生きている幸吉も、やがて意識が朦朧としていった。

「もう夕方か。暗《くろ》おて何んにも見えへんな。倉田……、倉田もおらんのか」

幸吉の目も、まだ正午を少し過ぎただけだというのに出血多量のためすでに瞳孔が開かなくなっていた。

「そうか、倉田もおらへんのか。内地では小さい子が倉田の帰りを待ってるやろになァ」

幸吉は彼の家族を忘れて、いつの間にか倉田の家族に思いを寄せて、不憫だと思った。まだ見たこともない倉田上等兵曹の子供の姿を脳裏に描いていたが、やがてその子供の顔だけが高男に代わっていた。この時の幸吉には戦争や傷を負ったことは眼中になく、ただ子供のことを思うだけであった。

「高男は……ええっと……四年と……二ヵ月か。もう兄ちゃんや……。健吉は一昨年《おととし》の五月生まれやさかい一年と九ヵ月か。どのくらい会《お》うてへんかなァ、確か去年の暑い時やったさかい、九……十……十一……十二……」

幸吉はここまで数えると気が遠くなった。

夜になると昼間の激しい戦闘が嘘のように静まりかえり、不気味であった。ただ、あたり一面に立ち込めた硝煙の臭いだけが、攻防戦の激烈さを物語っているだけだった。

＊

幸吉が戦死して四十日目に、日本帝国海軍の象徴ともいわれて列国にその名が知れわたっていた戦艦大和が、あっけなく爆沈した。沖縄近海に姿を現わしたアメリカ機動部隊の壊滅を計って、残存艦で編成された大和と第二水雷戦隊の水上特攻部隊は呉を出港した。しかしさしもの巨大艦大和も、群がる飛行機には勝てなかった。魚雷十本、爆弾五発を受けて誘爆し、敵の艦載機に発見されてから六時間後に、九州坊の岬沖において有賀幸作艦長以下二四八九名の乗員とともにその巨大な姿を海中に没したのであった。大和沈没の時はすなわち日本海軍の終焉の時でもあった。

「大和、武蔵が沈む時は日本が敗れる時です」

かつて倉田上等兵曹が口癖のようにいっていたことが本当になった。真珠湾奇襲攻撃以来、順調な戦績を残して来た日本海軍も、ミッドウェー海戦が勝敗の転換点となった。以後幾多の海戦で苦杯を舐め、しかもシブヤン海では武蔵を失い、今また大和と相次いでシンボルを消滅させてしまった。大艦巨砲もその何十分の一しかない飛行機の前にはもろくも潰え去ったのであった。

それどころか、今の日本には気力も人材も資材もなく、再び立ち上がることはなかった。既に東京はじめ大阪、名古屋など大都市はB29による爆弾で、廃墟と化していた。飛び交う敵重爆撃機を前に打つ手もなく、家を焼かれ、人が殺されるのをただオロオロして見ていなければならないのが現状であった。一万メートルの上空を飛来するB29に対して、迎撃出来る戦闘機も、まして高射砲もなかった。小国日本だけで片付けられる問題ではなかった。

物量を誇るアメリカに対して、そのほとんどを輸入に頼っていた日本が勝てる道理がない。なのにその資源を外国から容易《たやす》く手に入れるには、資源のもつ国を日本の傘下に組み入れようと進攻したところに、大きな錯誤があった。

誰に看取られることもなく、たった一人で死んでいった幸吉はじめ、多くの戦死者たちは、一部の人間の錯誤のための犠牲者である。自分から志願して兵隊になり、戦死したものはまだしも救われた。しかし本土空襲によって死んだ非戦闘員ほど哀れであった。天皇陛下のためだ、お国のためだ、今しばらくの辛抱だと騙《だま》されつづけた揚げ句のはてに、気がついた時には家財産とともに肉親や自らの命まで絶っていたのであった。

四

　内地全土は飢えていた。極度な耐乏生活を強いられていたのだった。食べ物に限らず衣料や飲み物にいたるまでそうであった。

　米などという代物《しろもの》を腹一杯食えるのは、収穫したものを供出せずに隠しもっていた農家ぐらいのもので、それも数限りあったというものではなかった。三度三度の食事に白い飯を食っている家があれば、非国民扱いされた時代である。また実際に米を食べるほどなかったのも事実である。

　銃後の人々は『欲しがりません勝つまでは』を合い言葉に、懸命になって食糧を戦地に送り出し、その結果、すべての人間が空きっ腹を抱えて、空襲による猛火の中を逃げまわっていたのである。

　なにしろいくら金があっても物資の絶対数が足りないため、農家などでも金と食料の交換を極端に嫌うインフレが全土を覆っていた。そのため着物や宝石などのような品物と食料を物物交換することが主流となっていた。換えることの出来る品物があるうちはまだしも、なくなった時には再び飢えが襲ってきた。

都会近郊、特に被爆地周辺では、農家を回って芋や南瓜《カボチャ》を買い集め、リュックサックからはみ出すほど詰め込んで我が家へ帰る姿があちこちで見られた。

箸で掬《すく》い取ると先の方に僅か二、三粒しか米がひっかからないおかゆ、道端に生えている草を摘《つ》んできて煮た雑炊や水団《すいとん》、じゃが芋、薩摩芋が主な食べ物だった。この他食えるものは手当たり次第に何んでも食べた。

服にしても背広から国防色の作業衣となり、戦闘帽をかぶり、ゲートルを巻くのが男性の一般的な姿であった。女性も国民全部が同じ店で誂《あつら》えたように決まって紺がすりのモンペに、肩から布製鞄を下げているのが普通であった。

学校の教育方針も大いに変わった。丈夫な身体を作り、国に御奉公するとの建て前から体育、教練といった授業が重点的に行なわれるようになった。もちろん空襲が激しくなるにつれて、防空壕への避難回数が多くなり、落ち着いて教室の中で勉強をしている雰囲気ではなくなったことにも一因がある。

すべてにおいて我慢、辛抱、忍耐とあらゆる言葉を駆使して国民の士気高揚を促したのだった。

生え揃った麦の葉が、緑の炎のように激しく揺れていた。周辺の緑は増したものの風はまだ冷たかった。

*

勝代の実家は京都との県境に近い山の、最も高いところにあった。山といっても台地状に連なる標高は僅か百五十メートル足らずの小高い丘であった。しかしこの山も、奈良市内の四周を取り囲み盆地を形成しているもののひとつであった。このため家の外へ出て見ると、若草山や大仏殿、興福寺の五重塔などの高層建築は勿論、街の甍《いらか》が陽の光を浴びて光っているのさえ手に取るようだった。また振り返ると、山合いに開かれた田ん圃の向こうに木津の町が見渡せた。付近には元明、元正天皇、それにその妃のものだといわれる御陵があって、冬でも黒々と円く盛り上がっている森を見下ろせる位置にあった。

源助は早くから住みついていた。若い頃に雑木林だったこの土地を買って、家を建てた。彼は燃料を商《あきな》っていたが、この家から佐保町の店まで毎日、三十分を費やして通っていた。勝代に幸吉という婿が決まってからは、百姓でもやりながら隠居をするつもりで隣接する土地を、店を売った金で買い受けたのだった。

そして二千坪の雑木林のうち、半分には柿と栗を植えた。また四分の一は開墾して畑に変えたが、残りについては源助一人の手に余り、そのまま雑木林であった。

彼は座敷から居ながらにして、若草山の山焼きと二月堂お水取りの大松明《たいまつ》の見えることが自慢だった。いずれも冬の行事で、木々の葉っぱが散っている時の話である。

四月ともなると窓際まで伸びた柿と杏《あんず》の葉も大きく広がっていた。柿の木の間には、綿を固めたような花が咲く桜の木が一本あった。今年も例年通りよく咲いた。健吉と高男は頬を真っ赤にしながら、折りからの激しい風によって舞い散る桜の花びらと戯《たわむ》れていた。

高男はすでに兄としての自覚と貫禄を示し、健吉に注意を与えていた。

「上ばっかり見やんと下も見て走らんと転んで怪我するでェ」

しかし、健吉は高男の顔を笑いながら瞬間的に見ただけで、再び落ちて来る花びらを受けようと、小さい掌を前に出してはしゃぎまわっていた。

井戸端で洗濯をしていた勝代は、高男の弟に対する言動を嬉しく、また頼もしく思った。母親は幼い兄弟の仲のよいことを内心だけで満足することが出来ずに声をかけた。

「これ健ちゃん、兄ちゃんのいうこと聞かな本当《ほんま》に痛い目に会うで。兄ちゃんはお父ちゃんのいうことよう聞いて、上手に健ちゃん遊んだってや。泣かさんようにな」

「泣かしてへんで。健吉は俺のいうこと聞かへんねんで。もう遊んだらへんわ」

弟のためを思って注意したつもりが、突然、勝代から健吉を苛《いじ》めていると見られて腹を立てた高男は、声を荒らげた。

「ああ、これはすまんこというたなァ。かんにんかんにん。せやけど健ちゃんはまだ小さいさかい、高ちゃんのいうことようわからへんねん。そんな怒らんと遊んだってえなァ。せや、あとでドーナツ作ったるさかい」

食べ物で誤魔化された高男は機嫌を直して、健吉の方に歩き始めたが、急に振り向くと父の消息を尋ねた。

「お父ちゃんなかなか帰って来やはらへんなァ。どこへ行ってはんのん。早よ帰って来たらえのになァ」

小さい胸の中でいつも考えていた幸吉のことを知りたがった。健吉は盛んに散る花びらのことも忘れたように、心配顔で勝代と高男の話を聞いていたが、内容は理解出来なかった。

「もう帰って来やはるやろう。お父ちゃんはいけずやさかい、連絡もしやんと急に帰ってきて、みんなびっくりさせたろォ思てはるのや」

勝代にも幸吉については何にもわからなかった。ただ子供たちの手前、こうでもいわないと収まりがつかないと思った。洗濯の手を止めて、盥《たらい》のなかにつけたまま、高男や健吉のことをわすれて夫のことを考えていた。

(それにしても今度はちょっと長いなァ。どこまで行かはったんやろな。手紙ぐらいくれたらええのに……)

便りもよこさない幸吉のことを考えると、心配のあまり腹が立って来た。

(こっちがこれほど心配してるのに……。まあ便りがないのは元気な証拠やろ。もし何かあったらどこぞから連絡来るやろ)

勝代は思い出したように再び洗濯の手を動かした。健吉もいつの間にか勝代の後ろに立って、自分の指を玩《もてあそ》びながら、考え込んでいる母親の項《うなじ》を見つめていた。やっとそれに気付いた勝代は、幼い子供たちには心配を悟られまいとわざと明るく声を出した。

「高ちゃんも健ちゃんもお腹《なか》すいたやろう。もうちょっとでこれ終わるさかい、そしたらご飯にしような。お祖父《じい》ちゃんにもご飯やでというて来てんか」

せわしなく両腕を動かして濯《すす》ぎ終わると勢いよく盥の水を半分ほど捨て、残った水を器用に回して盥も濯いだ。やがて高男の手を引いて畑から戻って来た源助は、土で汚れた手を洗いながら勝代に話しかけるでもなくいった。

「幸吉《こうき》ッツあん今度は長いなァ」

偶然同じことを考えていた勝代は、源助の言葉に思わずギクッとして、洗ったばかりの洗濯物を竿に通す手を止めて源助の顔をみた。源助は後ろを向いて顔を洗おうとしていたのをよいことに、勝代は彼の言葉が聞こえなかったことにして、全然関係のない話題を持ちだしたのであった。父親を前にして女がものほしそうに夫のことをいうのは照れ臭かったし、のろけるようで恥しかったからである。

「お祖父《じい》ちゃん、昼ご飯は昨日配給のあったメリケン粉であの子らにドーナツ作ってやろと思うねんけどそれでええか。……。ああそれから室にはまだ芋ぎょうさんあったかいなァ」

室にはどっさり芋があるのを勝代は知っていたが、咄嗟に思いついたことを口にした。

「なにいうてんねん。昨日かてお前は室の中見て、これやったら秋まで十分もつていうてたやないか」

「いやあのなァ。お祖父《じい》ちゃんが昨日、室の芋はだいぶ腐ったるっていうてたさかい、悪い芋はほかさはったんちがうかと思うて聞きましてん」

勝代は自分で持ち出した出任せの辻褄を合わすのに苦慮しながらも洗濯物を干し終わると、小走りに炊事場に消えた。

事実、食料は贅沢さえしなければ、子供二人を含めた四人家族では余る程だった。秋の収穫期ともなれば柿や栗とともにあらゆるものが穫れた。四季を通じて緑の少ない冬にも野菜が豊富にあった。近年になって植えた桃や梨も、害虫消毒の要領を覚えてから、その時期になると口を楽しませてくれた。

薩摩芋は土中深く掘った室へ、じゃが芋は箱に入れて乾燥した所へ、玉葱は束に結わいて暗い納屋の屋根裏へ、南瓜は納戸の奥へとそれぞれ次の収穫期を迎えるまで、保存する方法も知った。

源助は戦争が始まる何年も前から食べ物に関しては自給自足を貫いてきた。作らなかったものといえば、山の上であるため水の便が悪く米が出来なかったくらいのものである。

戦争が始まって日毎に激しくなり、米軍の本土上陸を目前にした頃になっても源助の農作業の手は休まることがなかった。それどころか、以前よりも一層耕地面積を増やし、年を追うにつれて収穫量も増えていった。燃料の商いを店ごと人に譲った源吉には、これしか生きる方法がなかったのである。

こうして勝代と二人の子供は、空襲で家を焼かれ、肉親を失い、そのうえ食料もなくひもじい思いをしている人々が多い中で、比較的恵まれていたのであった。

しかし還暦を間近にひかえた源助には、広い山地を切り開いて畑を作り、一家四人の一年中の食物を作りだすのは大仕事であった。

（まあそれももう直ぐ戦争が終わって幸吉《こうき》ッツあんが帰って来るまでや。そしたら今度こそ退役するというてたから、その後はこの家で一緒に住んでくれはるやろ。畑仕事も手伝《てつど》おてくれるやろ。なんやったら全部任してもかまへん。それまでにちょっとでも大きいしといたろ）

源助は、幸吉が退役して一緒に住むことを楽しみにしていた。十年程前に妻を病気で死なせ、そして娘の勝代は幸吉と祝言を挙げたと同時に岩国へ行って、今度戻って来るまでの長い間、一人で生活をしていた。彼は強がりをいってはいるが、寄る年には勝てず、内心寂しいと思っていた。元気な時は感じなかったが、病気にでもなって寝込んだ時は、娘を嫁にやったのを後悔したこともあった。爆撃を避けて奈良へ勝代が二人の子供を連れて戻って来た時には、嬉しさのあまり思わず涙が込み上げて来たものだった。源吉は、やはりワシも年をとったと思った。

源助の家の近所には五軒の家が建っていて、彼のところはそのほぼ中央にあったが、隣までは五百メートル程の距離があった。その隣の家には源助と同年輩の、松造というやはり隠居がいた。源助と松造は何かとよく気が合って、夕食後、茶飲み話をしに往き来していた。しかし、家族全員が揃っていて、羨ましさと寂しさの気持を掻き立てられる松造の家へはいつしか足が遠のき、専《もっぱ》ら松造が訪れて来るのを待つようになった源助であったが、勝代たちが戻って来てからというものは、今まで通り松造のところへ足を運ぶ回数も多くなった。

高男と健吉は、祖父にしばらく会っていなかったにもかかわらずよく懐《なつ》いていた。畑に出る源助の姿を見た時は、必ず一緒について行った。

「お祖父《じい》ちゃん、僕が鍬ァ持ったろォ」

「ほお、高男にこんな重たいもんが持てるかな」

源助は高男の肩に鍬を担がせてやりながら、目を細めていった。

畑に鍬を入れる源助は、持ち上げる時に横目で孫たちを見た。棒を拾い、しゃがみ込んで耕した後を突っついている健吉が見えた。高男は、長い鍬の柄を持つ手に力を入れて、頭の上に持ち上げようと顔を真っ赤にして頑張っていた。いささかでも祖父の手助けにでもなればとの小さい気持であった。

「高男、そんなに柄の根元持って振り下ろすと、足切るさかいやめとき。お前ら怪我さしたらお祖父《じい》ちゃんがお母ちゃんに怒られるさかいな」

祖父のいうことを無視して、なおも小さい身体に鍬を持ち上げようとするそんな孫たちを源助は可愛く思った。

父が不在の中で、祖父と孫が同じ家で共に寝起きし、作業するうちにその関係がいつの間にか父と息子に似た錯覚を起こしていた。特に幸吉の顔も覚えていない健吉にとっては、父を通り越し、祖父に対して父親の愛情を求めるようになるのであった。

この気持が後年になって、他人に父親のことを尋ねられて漠然ともせず、ただ頭の中で描き出されるのは祖父のイメージだけで、答えられなかったこともあった。

「そんなにお祖父《じい》ちゃんの後ばっかりついて歩いてたら、お父ちゃんが帰ってきたら僻《ひが》むで」

「かまへん、そしたらその時はお父ちゃんのとこへ行くさかい」

父幸吉の存在も顔も知っている高男は、雑作なく答えた。

幸吉は既にマニラで戦死して、再び帰ってくることがないのを誰一人知る由もなく、いつかは必ず帰ってくる期待があって、一家には明るい雰囲気が漂っていた。

桜の花も散り、木々の若葉が目に染み入るような季節になった。玄関脇の藤も、桜に代わって重たそうに花をつけていた。五月の空には雲雀がさえずりながら大きく弧を描き、麦畑目掛けて急降下していった。

「明日は健ちゃんの誕生日やさかい鯛買《こ》うたるわな」

勝代は座敷で、健吉を背中に乗せて背負い紐を結びながらいった。健吉の二回目の誕生日を前にして、一日も早く帰って来てくれるよう祈った。

「お父ちゃんは何してはんねんやろなァ。健ちゃんの誕生日忘れてしまいやはったんかな。帰られへんかったら、そういうて手紙だけでもくれたらええのになァ。本当《ほんま》に……」

不安と焦燥に駆りたてられた頭を露骨に表わして呟いた。そして買い物籠の中に財布が入っているのを確かめると、

「明日は健ちゃんの誕生日やよって、お母ちゃんはこれから町まで行って鯛頼んで来るわァ。高男はお祖父《じい》ちゃんとおとなしゅう留守番しててや。お祖父《じい》ちゃん、ちょっと高男を頼みます」

勝代は源助に聞こえても聞こえなくとも関係なく、一方的に高男を押しつけると、健吉を負

ぶったまま腰をかがめてきつい下駄の鼻緒を手でひっぱって足の指を通すと、地面に二、三回下駄を打ち付けて出て行った。

家の前から、下の道路へ下りる細い急な坂道があった。石くれだったその道を、勝代は健吉の尻に手を当ててバランスをとりながら上手に下りて行った。両側には長《た》けた蕨が精一杯葉を横に広げていた。緑の中に燃えるような赤いつつじが鮮やかだった。

広い道路に下り着いた時、そこに自転車を止めて、勝代が今下って来たばかりの急坂を登ろうとしていた役場の斎藤に会った。彼は、以前に源助が開いていた店の傍に住んでいて、秋になると度々柿を譲ってもらいに来ていたので勝代も知っていた。

斎藤は勝代と顔を会わせた途端に一瞬俯《うつむ》いたが、腹を決めて再び顔を上げた。そして今初めて目が合ったかのように、改めて勝代の顔をみてお辞儀をした。

「ああ、勝代はん、ちょうどよかったわ、今これからあんた所《とこ》へ行こうと思ォてましてん。ちょうどええところで会いましたわ」

斎藤は太った身体付きの人間特有のゆっくりした口調でいった。

「なんですねん、家《うち》に用て。こんな山の中までこないかんような大事なことでっか」

勝代は、斎藤が鼻の頭だけ汗をかいているのがおかしかった。

「家にお祖父《じい》ちゃんがいてますけど、私《わて》でよろしかったら聞いときます。この坂登るのはしんどいですやろ」

太った人がこの道を登るのは辛いことだと本当に気の毒に思った。また仕事とはいえ、わざわざこんな辺鄙《へんぴ》な所へ来てもらって恐縮していた。

「実はなァ……」

斎藤はいかにもいい辛そうに、親指と中指で何度も鼻の頭をこすった。

「何んでんねん、一体用て……」

勝代の心は急《せ》いた。

しばらく間をおいて、これからいうことを整理した斎藤は、一気に喋り始めた。

「実はなァ……、実は……」

同じことを繰り返した。

「幸吉《こうき》ッツあんはもう帰って来やはらしまへんで。……。はっきりした日はわからへんが、二月の末に幸吉《こうき》ッツあんは戦死しやはりましたんや。場所はマニラやいいますけど、それもどこかはっきりしませんのや。多分この公報に間違いないとは思いますけど」

斎藤はそこまで話すと、ズボンのポケットに二ッ折りにして入れてあった茶封筒から、一枚の紙を取り出した。

「これが戦死の公報だす」

広げて勝代に手渡したが、何んともいえない気持に襲われた。

「この通り幸吉《こうき》ッツあんは……すんまへん……もう帰って来やはらしまへんねや」

斎藤は幸吉を戦死させたのは、さも自分の責任であるかのように頭を下げた。

勝代は斎藤の手から赤茶けたような紙を、ひったくって見つめた。まず見なれた苗字と名前が目に入り、続いて戦死の文字の上に目がきて、しばらく離れなかった。

「これ間違いおまへんか」

斎藤に食ってかかるようにいった。

「まだ確認はされてへんが、ちょうどこの時、一緒にいた陸軍の部隊が玉砕したさかい、残念ですけど間違いないと思います。日付けについては一日や二日の違いはあると思いますけど……」

「ほんならいつ、どこで死んだかもはっきりしませんのか。死んだ時の様子なんかはわからしませんか。……もちろん玉砕やったら見てた人もいやへん訳や。かわいそうになァ」

落ち着いているつもりでもかなり動揺していた。その証拠に同じことを何度も繰り返し尋ねた。

「お骨だけでも帰ってきませんのか。……玉砕やったら持って帰って来てくれる人もあらへんわな」

「御愁傷様です……」

斎藤は事務的に答えたが、それより他にいいようがなかった。答えられなかった。勝代は、一時は頭と胸の中に、一度に大きな爆弾を打ち込まれたような衝撃を受けたが、かなり平静を取り戻していた。

「せやけどおかしいなァ。うちの人は確か艦《ふね》に乗ってるはずですでェ。隠戸いう運送艦ですがな。それが何んで陸上で戦死しましたんや」

訝《いぶか》る気持は斎藤にもわかった。

「海軍さんは乗ってる艦《ふね》が沈んだら陸戦隊として陸上に上がって戦うと聞いていましたが、幸《こう》吉《き》ッツあんもそれで上がってはったんや」

「せやったなァ。新聞で読んだことあったわ。それにしても夫は南方の島へ行くいうてましたが、マニラは南方とちがいますなァ」

勝代は平静に話しているつもりであったが、やはりまだかなり動転していた。それよりも夫の戦死を否定し、斎藤にももっともらしい理由をつけて死んでいないことを同意してもらいたい気持から、正当性のないいくつかの質問をした。その度に斎藤は、的確な答えを出し、幸吉の戦死の事実をいよいよ深くすると、勝代は身体の力が抜けてその場に今にもしゃがみ込みそうになるのをじっとこらえた。

「後で、いつでもええさかい遺族年金の手続きしますから役場の方へ寄ってほしいんですわ。今日明日やのうてもよろしいけど、気持の整理のついた時で結構だす。せやけどなるだけ早い方がよろしいなァ、一日でも早かったらそれだけ早よう金が下りまっさかいにな」

勝代はこれまで考えてもみなかった、斎藤の話の中にあった遺族という言葉に、強い衝撃を受けた。夫の戦死は覚悟していたが、その後に残されたものが遺族という言葉で呼ばれることを知らなかったわけではない。女学校時代の友達の中にも何人かはいた。だが彼女たちに共通しているものは、親なり兄弟に身を寄せている人たちはともかく、一人で暮らしている人たちの苦労であった。気の毒さを超えて惨めであった。彼女たちに会う度に、私だけはあんな風になりたくない、と思ったのだった。

それが今、同窓生たちのように他人様から同情してもらって生きるのが辛いと思った。

斎藤は話すことは全て話したと見て、自転車の傍らへ立ってハンドルに手をかけた。勝代は焦点の定まらない目で遠くを見ていたが、思い出したように斎藤の前に立って声をかけた。

「浄言寺のお義母《かあ》さんと義兄《にい》さん所《とこ》へも連絡してくれはりましたか」

「幸吉《こうき》ッツあんの連絡先がこっちになってたさかいこっちだけです」

斎藤はこれ以上勝代に絡《から》まれては迷惑だと思い、自転車のスタンドを力を入れて蹴ると押して歩き始めた。

「まあ気ィ落とさんといてくださいや。近いうちにまた寄せてもらうけど、お祖父《じい》さんによろしゅういうといてや」

義理で言葉をかけると、自転車にまたがってペダルに力を込めた。勝代の悲しそうな顔を見ているのが辛くて、逃げるようにその場を立ち去った。

勝代は、戦死公報を元通りに畳むと封筒の中に仕舞いながら、斎藤に礼をのべた。

「斎藤はん、おおきに。郵便で送ってくれはってもよかったものを、こうしてわざわざ忙しいのに届けてもろて、本当《ほんま》におおきにィ」

勝代には、郵便で送ってよいものを、一日でも早く知らせてくれた斎藤の行為に感謝した。そうすればしかし、いい終わった後で、よく考えると知らないでいた方がよかったと思った。

いつまでも帰って来る日を楽しみに待っていられたと、楽しみを奪い悲しみを持って来た斎藤を恨めしく思った。

軍人の妻である以上、いつかはこの日の来ることを予期していたが、いざ本当に来てみても意外と大した悲しみが襲ってこないのに気がついた。勝代にとって今は、悲しみよりも幸吉の戦死の虚実を確かめ、そして間違いであってくれと祈る気持が先に働いていたのを知らなかった。

勝代は自転車で帰って行く斎藤が見えなくなっても、同じ格好でじっと立っていた。背中で盛んに暴れる健吉にも、手を後ろへ回して二ツ三ツ尻を軽くたたいただけで、かまってやる気持の余裕もなかった。

短い時間のうちにいろいろ考えた。しかしまだ幸吉の死んだのが実感として湧いてこなかった。むしろ、何かの間違いや、そうあってほしいと願う気持が勝っていた。

どのくらいの時間、同じ所に立っていたのかわからなかった。長い間ではなかったと思っていたが、青く澄んでいた空のほとんどが、雲に包まれていた。健吉が手足をばたつかせて暴れるので、我に返った勝代は、ゆっくりゆっくり急坂を登って行った。何も知らずに背中で、言葉にならない声を出している健吉が哀れだった。

通りなれた道もこの日は、やたらに長く、坂もきついと勝代は思った。途中何度も石車に乗り、危うく前につんのめっては手をついてはっとした。その度に、母親がたとえ短い時間であっても構ってやれなかった罪滅ぼしにわざと戯れているように思った健吉は、短く、低い声で笑った。

　重たい勝手口の戸をきしませて開けると、源助は高男に水を飲ませていた。勝代は源助の持っている柄杓をひったくるように取ると、荒っぽく瓶の中に突っ込んで水を汲んだ。その荒かさに普段の娘ではないことを見抜いた源助はせわしなく聞いた。

「何んや、もう帰って来たんか。魚屋へ行かなんだんか」

　高男も母親の傍らに寄って来た。

「どこぞ身体の具合いでも悪いのか。それとも何かあったんか」

「うん」

　勝代は柄杓のまま水を飲みながら、頭を下げて答えた。一気に飲み終わると瓶に蓋をして、その上に柄杓を傾けると、炊事場の縁に腰を下ろした。それを待っていたかのように源助と高男は、勝代の傍らに立って同じことを聞いた。

「どないしたんや、何かあったんか」

「実はなァ、あの人が戦死したんやて。今下で役所の斎藤はんに会《お》うて聞いて来たとこや」

　勝代は、自分でも驚くくらいすらすらいえたのが不思議だった。

「これが戦死の公報やて。わざわざ斎藤はんが家《うち》へ届けてくれはるとこやってんけど、私と下で会うたさかいもろて来たんや」

　源助は、勝代が封を開けて中から紙切れを出すのももどかしそうに、先に手を差し出していた。

「早《は》よ見せてみィ。一体いつのことや」

源助は公報を目の近くにしたり、腕をいっぱいに伸ばして遠くの方へやったりして見ていたが、字が細か過ぎて読めなかった。

「あかんわ、眼鏡持って来やな字が小さ過ぎて読めへん。何んて書いたるんや」

奪うように勝代の手から取ったものの読めないと知ると、再び娘の手に返し早く内容を教えろといった。

「二月二十六日やて。場所はマニラや。それでェと、兵曹長から少尉に一階級特進やて」

読みながら勝代の胸に絞めつけられるような痛みが、断続的に走った。

「それで遺骨とか遺品はどうなるのんや。誰ぞ後で届けてくれはるのか」

「なんや斎藤はんの話では、死んだいうことは確認されてないけど、この日にマニラにいた陸軍の部隊が玉砕したんやて。せやさかい幸吉らもこの日に死んだんやろうていうてはりましたわ」

「幸吉《こうき》ッツあんがマニラに上陸してたんは間違いなかったのかな」

源助が、勝代と同じ見方をして戦死を否定しようと考えていることが嬉しかった。飽くまで公報は間違いである、嘘であると信じたかった。そのために役場へ行って、事実を確かめるのが恐ろしい気がした。

「お母ちゃん、お父ちゃんがどないしたん」

突然、勝代の肩に手をかけて、顔をのぞき込むように高男がいった。

「あのなァ高男ちゃん……、お父ちゃんはなァ……、お父ちゃんは死なはって、もう帰って来やはらへんで」

「ふうん」

死というものについて理解の出来ない高男は、わかっていないのにわかったような返事をした。

「それでいつ返って来やはるんや」

やはり高男には死の意味がわかっていなかった。用事で帰りが遅れるくらいの軽い気持であった。

「あほやなァこの子は。お父ちゃんはもう二度と帰って来やはらへんねや。それどころか顔も見られへんのやで」

母は、心配している時に余計なことをいうなとばかりに苛立たしい気持を見せて、強い口調でいった。

同時に勝代は鳩の鳴き声に似た嗚咽《おえつ》を漏らしたかと思うと、その場に泣き崩れた。今まで堪えていたものが、高男に話したことによって戦死が心の中で肯定されたことになり、どっと悲しみとなって溢れ出たのだった。堰《せき》を切ったように涙は止めどもなく流れた。

勝代に負ぶさったままだった健吉は、無理な姿勢を強いられたのと、母が泣いていることにより釣られて泣き出した。

高男は、自分がいったことで母親を泣かせてしまったと自責の念に駆られて、呆然と立ちつくしていた。

泣き出すときりがない勝代を見兼ねて源助は、労《いた》わるように口を挟んだ。

「ところで浄言寺の家《うち》の方ではこのこと知ってるやろか。もしまだやったら早《は》よ知らせてやった方がええのとちがうか。今からやったら明るいうちに行って帰って来《こ》られるやろ。ワシが一ッ走りして来《き》たろか」

「構まへん、私《わて》が行きますわ」

この際、勝代の思い通りにした方がよいと思った。勝代はやっと涙で赤く腫らした顔を上げて、鼻声で低く答えた。

「またちょっと行って来ますから、高男を頼みますわ」

高男の方を振り向いた。

「浄言寺の伯父《おっ》ちゃん所《とこ》へ行って来るさかいおとなしゅう留守番しててや。高ちゃんの好きなカリントウ買《こ》ォて来たるさかいにな」

いうなり戦死の公報を買い物籠に入れると、再び急坂を下っていった。

伯父諸橋弥市の家は市内の中心からやや南に寄った所にあった。弥市は腕利きの建具職人だった。それも自ら職人気質を名乗り、安い一般民家の仕事は請け負わず、専《もっぱ》ら一流の料理旅館や寺を好んで請けていた。職人も数名抱え、他に見習いを二人住み込ませて、手広くやっていた。ために金回りも大層よかった。母のハルと弥市夫婦の三人暮しで、子供のない所為《せい》か高男たちをよく可愛がってくれた。幸吉の兄とはいえ、弥市は神経質な弟と比べて似ても似つかないほど、ふっくらしていた、いかにも人の好さそうなところが多多あった。

勝代が弥市の家へ着いたのは、ちょうど妻のタヅ子が職人たちに御八《おや》つをだしている時であった。

小一時間を駆けるように歩いて来た勝代の顔には汗が吹き出し、健吉を負ぶっている背中も膚に襦袢《じゅばん》がべっとりくっついていたが、彼女はそれを拭おうともせず、職人たちの中から弥市の姿を目で追っていた。

「やあ、勝代はんやおまへんか。御機嫌さん。いつ来やはったんや」

「今日わ。今来ましてんけど、義兄《にい》さんはいてはらしまへんのォ」

「今ちょっと大安寺まで寸法取りに行ってるけど直きに帰ってくるやろ。それよりそんなに慌ててどないしたん」

タヅ子の問いにも答えず、尋ね続けた。

「ほんならお義母《かあ》はんは……。お義母《かあ》はんもいてはらしませんのォ」

「お義母《かあ》はんやったらさっきまで二階で昼寝してはったさかい、まだいやはるやろォ。一体どないしたというんや」

自分の聞いていることには全然答えてくれないで、ただ一人で慌てている勝代に腹を立てたタヅ子は怒鳴った。タヅ子がいい終わらないうちに勝代は、二階へ通ずる階段の下にいた。

「ほなちょっと上がらせてもらいますわ」

いきなり下駄をばらばらに脱いで、手摺りに手をかけた。またタヅ子は喧嘩腰でいった。

「健ちゃんだけでも先に下ろしたりィな。ええ気持で寝てるのに、そんなにゆすったら可哀相やないか、本当《ほんま》に何慌ててるのかしらんけど」

勝代はタヅ子にいわれて初めて健吉が寝ていることに気がついた。途中激しく上下に揺られたのにもかかわらず、よく眠っていた。背中の重みはまるで感じなかったし、しかもいつ寝たのかわからなかった。正直なところ勝代は、それまで健吉の存在を忘れていたのであった。そこでもどかしく背負い紐をほどいた。タヅ子は勝代の後ろに回り、健吉の脇の下に手を入れて抱きかかえてやった。

「ああ、前の方がこんなに濡れてるわ。勝代はんの汗やろ、これ」

健吉をタヅ子に預けると階段を一、二段上がった勝代は立ち止まり、タヅ子に向かって短くいって、あわただしく駆け上がった。

「幸吉が死にました」

タヅ子は一瞬、自分の耳を疑った。聞きちがいかと思ったが、確認するため勝代の後に続いて健吉を抱いたまま二階へ上がってきた。やはり間違いではなかった。勝代の口からハルに言っているのをこの耳でしかと確かめた。

（これはえらいことになったで）

と思った。

勝代は斎藤に会って、公報を受けとり、事のあらましを噛んで砕くようにしてハルに話した。黙って俯《うつむ》いたまま、勝代の話を聞いているハルは泣いていた。

「そうか、せやったんか」

　ハルはそれだけいうと立ち上がり、仏壇の前に正座して長い間、手を胸の前に合わせていた。勝代は日頃、この浪費家のハルを好《よ》く思っていなかった。しかし今は、たった二人しかいない兄弟のうち一人を戦争で失ったと知って、懸命に悲しさを堪えているハルが可哀相だと思った。長い時間、沈黙が続いた。

　勝代は、まもなく帰って来た弥市にもハルに話したのと同じことを伝えた。

「そうか幸吉もついにあかんかったか。やっぱり運がなかったんやな」

　男だけにからりといってのけた。弥市も昨年まで海軍にいたが、傷を負って帰郷しているだけに、戦争の恐《こわ》さを知っていた。

「しかし巡洋艦に乗ってて、よう今日まで生きてこられたわ。巡洋艦はみんな沈められていくというのに」

「幸吉《こうき》ッツあんは、妙高から運送艦の隠戸に乗ってはったんだす。せやけど隠戸が沈められたよって陸戦隊として上陸したと、役場の斎藤はんもいうてました」

　弥市は、勝代の言葉に意外な顔をした。

「陸戦隊か、しかし根拠地とちがう陸戦隊はあんまり訓練も受けてなかったさかいなァ。まあ考えようによっては、よう今日まで生きとったなァぐらいに思とかなしゃないな。戦争とはそんなもんやで」

　弥市は慰めているのか、茶化しているのか勝代には不愉快だった。

勝代が家へ帰ってきたのは六時過ぎであった。陽は大分長くなり、まだ明るかった。弥市が誂《あつら》えてくれたハイヤーに、勿体ないと断わっていたが、無理やり押し込められるように乗って帰ってきた。弥市にしてみれば、思いつめた余り、途中にある池に健吉を負ぶったまま身を投じられてはとの懸念もあって、高いハイヤーを呼んだのだった。

勝代は夕食の仕度にも手がつかなかった。軽くお茶漬けで済ませて、早めに床を敷き、子供たちを先に寝かせた。源助は、衝撃を受けた勝代の顔を見るのが辛くて、箸を置くなり松造の家へ出かけていった。傍《そば》にいて慰めてやりたかったが、飯の少な目の茶漬けも、長い時間かかって無理に喉の奥に流し込んでいる勝代を見るに見兼ねてさっさと出ていった。

勝代は、源助が出かけ、子供たちも寝かせて一人になると、新たな悲しみが胸の底からこみ上げて来た。今まで人前では堪えていたものが、一度にどっと溢れて涙となり、悲しみが全身をつたわった。暗い電灯の下で、何も知らぬげに寝入っている幼い二人の子供の顔を見ていると一層堪えようもなかった。高男と健吉の寝顔を交互に見て、こぼれ落ちる涙をぬぐおうともしなかった。

（あんた、なんで死なはったん。『俺は死なへんで』ていうてはったんは嘘やったんか。高男や健吉もまだこんなに小さいし、私らこれからどないして生きていったらええのんやろ。ちょっとでもええさかい、今直ぐ帰って来てほしいわァ）

子供の枕元に正座したまま、いつまでも繰り返し同じ懇願をする勝代であった。

（まだこの子らもこんなに小さいし、一体どないしたらええねんやろ）

幸吉が戦死したことを思い煩《わずら》うあまりに、これからの生活については何一つ考えることが出来なかった。いつの間に帰って来たのか、源助が唐紙越しに声をかけた。

「勝代、まだ起きてんのか。あんまり考えすぎると身体に毒やで。今が一番大事な時や。お前がここでめそめそしてたら子供はどないなるんや。このまま起きて泣いてても、幸吉《こうき》ッァんは帰ってくるもんでもなし、早《は》よ寝た方がええでェ」

源助は布団を敷いているらしく、その声は隣の部屋のあちこちから聞こえて来た。勝代は横になっても寝つかれなかった。考えれば考えるほど眼が冴えて、うとうととしはじめたのは、白いカーテンに朝日があたって橙色に染まりかけた頃であった。源助も寝つかれなかったらしく、寝返りを打つたびに敷布のこすれ合う音が、遅くまで聞こえていた。

それから数日後、幸吉の実家である十軒町で、葬式が行なわれた。幸吉の遺体に代わって、家に残してあった彼の水兵当時のセーラー服を棺につめて盛大に行なわれた。勝代は喪服に身を包んではいたが、他人の家の葬式のような気がしてならなかった。最上段に飾られた幸吉の写真を見ても夫の死んだのが信じられなかったばかりか、滑稽でもあった。

参列者も帰り、手伝いに来ていた近所の主婦連中も帰ると、広い部屋には急に静寂が漂って来た。接待の酒に頬を赤らめた弥市は、コップに酒をなみなみと注いでから勝代の横に来て腰を下ろした。勝代は多少迷惑そうな顔をしたが、頭を下げた。

「義兄《にい》さんにはいろいろお世話になりまして、どうもありがとうございました」

形ばかりの礼をのべた。勝代の隣の席に座っていた源助も、それにつられて持っていた盃を膳の上に置くと、胡坐《あぐら》をかいたまま両手を膝の上にのせて頭を下げた。

「これであんたも納得がいったやろ。帰って来るあてのない人間をいつまでも待っているゆうもんは辛いもんや。せやけどこれで踏ん切りがついたやろ」

勝代は膳の上に目を落としたまま、黙って聞いていた。

「これからが大変やろうけど力を落とさんようにな。幸吉がいやんようになってもこれからもずっと親戚付き合いしていこうやないか、なあお義父《とお》さん」

弥市は勝代を通り越して、源助の顔をのぞき込み同意を得るようにいった。そしてコップの酒を一口飲むと、再び話し始めた。

「親戚やいうよりも、血は通てないけど今まで通り兄妹の付き合いしょうやないか。幸吉が死んでしもうて、赤の他人になってしまうのは寂しい気ィするさかいなァ。あいつがいやんようになっても、この家はやっぱりお前の家や。そやろ」

自分の思っていることがうまくいえなくて、回りくどくなっていると考えた弥市は、またコップに口をつけた。

「ともかくこれからも何かあったらいつでも来たらええがな。どのくらい出来るかわからへんけど、相談くらいにはのれるやろ」

勝代は弥市の言葉が嬉しかった。

「おおきに」

息をつまらせて答えた。今幸吉の葬式を済ませたばかりで、夫の戦死がだんだん現実となっていくのが恐ろしかった。悲しくもあった。その悲しみを懸命になって堪えている勝代にはそれだけしかいえなかった。

「ところでこれからどないする」

弥市は、いよいよ本題に入るといわんばかりに勝代の横顔をじっと見た。

「まだ考えてしません。なんせ急なことやったし……。せやけどまだ信じられへん気持でいっぱいだすわ」

「そらそやけど、こうして葬式も出したし、まして公報にも書いてあったやないか。公報いうもんは軍で発行するもんやさかい、ええかげんなもんやあらへんで。もうこの辺で諦めて、これからのことを考えなァ」

勝代は頷《うなず》くだけだった。

「子供もまだ小さいし、いつまでもめそめそしてたらあかん。第一身体によくないで」

「ワシがもうちょっと若かったら、もう一度炭屋でもなんでも出来るんやけど……」

源助は横から口を入れた。

「店も人手に渡ってしもたし、また最初から始めるのは難儀やし……」

祖父のいうことをじっと聞いていた勝代にも、これからどうしてよいか全く見当もつかなかった。考えたことがなかったからだった。

「畑があるさかい食べることぐらいは出来るやろ」

源助は、やけ気味にいった。弥市は源助の言葉尻をとった。

「そら当面は食べていけますやろ。せやけどお義父《とう》さんもそんなに若いことはないし、まして戦争はだんだん激しなって来てるさかい、いつどうなるやわからへん。子供かて大きなってきたらだんだん金かかるしなァ」

源助は盃をもった手の肘を膝について、二度三度頷いた。しばらく間をおいて、コップに残った酒を一気に呷《あお》ると弥市はいった。

「恩給が出るいうても雀の涙ほどやろ。とても一家四人が生活していける金額やあらへん。一人でも危ういくらいや。そこでやなァ、どやろ。高男か健吉のうち一人を家《うち》へ預けへんか。うちの妻《やつ》に子供も出来そうにないし、引き取ろうやないか」

勝代は鋭い目付きで、弥市を睨んだ。それに気付かない風をして、空のコップを両手で回しながら弥市は続けた。

「今すぐという訳にはいかへん。そら時間かけてよう考えたらええがな。こっちではお母《かあ》はんもタヅ子も承知や。もともとお母はんがいいだしたことやよってにな。高男は大きいさかいちょっとでも早《は》よう家の手助けしてくれるようになるさかい、健吉どうや。今すぐでなくてもええさかい考えてみてや」

勝代は心配してくれる弥市たちが有難かった。しかし、子供たちを手放す気持など毛頭なかった。これからの生活のことなど一切考えたことがなかった勝代には、子供の将来までおよびもつかないことだった。だがどんなことがあっても子供だけは、手放してはいけないことだけはわかっていた。

「いろいろ私《わて》らのことを思ォてもらいましてすんまへん。しかし、子供だけは手放しとうはおまへん。せっかくですけどこの話はもうせんといてください」

勝代は思った通りいった。

「まあ葬式が終わった後でこんな話するのも酷やったなァ。これは俺が悪かった。せやけど後でもう一回よう考えといてや」

勝代の剣幕に押された弥市は立ち上がり際にいうと、逃げるようにその場を去っていった。

勝代は、ハルの傍らに足を投げだして座っている二人の子供をそっと見た。

その夜遅く、源助と勝代は二人の子供をそれぞれ負ぶって帰って来た。背中の健吉と高男は既に寝ていて、動こうともしなかった。

勝代は健吉の首が歩く度に左右に揺れるのを気づかないながらも、暗闇の道を急いだ。こうして健吉を背負う時、決まって岩国から引き揚げて来たあの時を思い出していた。まだ首も座らず、目も見えないのに近い、生まれて三十日足らずの乳飲み子を背中にして、首ばかりを気にしながら奈良までの遠い道程を帰って来たのだった。

今また健吉を負ぶって歩いている。だが、あれからまる二年経った今、背中の人間は成長して大きくなった異《ちが》いはあっても同じ健吉である。なのにどうして時代がこうも変わったのだろう、食べるもの、着るもの、話すことも大きく変わった。なんといっても待っていても帰って来る人がいなくなった、と思った。誰に看取《みと》られるでもなく異郷で果て、遺骨も遺品も帰って来ないで、形だけの葬式を済ませた自分が耐えられない気持だった。

最後の人家の灯も既に遠ざかり、真ッ暗闇と静寂に包まれた中に、源助の雪駄《せった》と勝代の下駄の音だけが規則正しく響いていた。両側の雑木林の間に仄《ほのじろ》白く見えた道も曲がりくねり、星明りだけでは見えなくなった。

「ところで恩給てなんぼぐらいもらえんのかな」

黙って歩き続けていた源助は、勝代の突然の声に驚かされた。

「さあなァ、もろて見るまではわからんやろ。なんせ御上《おかみ》が決めるもんやさかい見当もつかんわ」

しばらく足音だけが続いた。

「お祖父《じい》ちゃんは義兄《にい》さんの話どう思う」

源助は先程の、二人の子供のうちのどちらかを養子にほしいという弥市の言葉を思い出したが、子供の問題は母親が決めることであって祖父の俺が口を出しては、と思った。また適当な答えが思い浮かばなかったので、時間つなぎにいった。

「えッ、弥市ッあんの話て……」

「ほら、義兄《にい》さんとこで健吉を預かったろていう話や」

「ああ、あれか。それでお前はワシの考えを聞いてどないするつもりや。さっきの向きになったお前の顔みてたらはっきり書いたったがな、絶対預けへんて……」

「せやけど今まで幸吉から送って来たお金でやって来たやろ。それが送って来んようになったら、お金もらえんのは恩給だけやさかい、なんぼぐらいもらえるか知りたかったんや」

勝代はいつの間にか話題を恩給に擦り替えようとしていた。恩給の金額によっては、子供を手放す覚悟もしておかなければならないと、内心思っていた。

「もし恩給だけでやっていけん場合は、健吉を預けるつもりか」

核心を源吉につかれた勝代は、一瞬口ごもりながら慌てて反対のことをいった。

「いや、あのな……、私《わて》の心はもうとっくに決まったる。これまでかて食べることには不自由しなかったが、それでもあんまり裕福とちごたやろ。そう思ォたらこれからも子供の一人や二人は縫い物《もん》の内職でもしてやっていけるやろォ」

勝代は、咄嗟に言い訳がましくいうと、素直ではないなと思った。だが出任せで言ったつもりの和服の仕立てで、何んとか生計が立てられるのではないかと本気で考え始めていた。幸い彼女は、娘時代から和裁と生け花を習い、その腕は確かであった。

娘の気持が痛いほどわかる父源助は、それ以上何もいわなかった。小さい頃から人一倍負けん気の強い勝代は決して子供を手放すことはないだろう、その時は、六十とはいえまだまだ身体に自信のある俺が手助けしてやろうと決めていた。

＊

夜とはいえ、梅雨間近ともなればさすがに暑く、子供を背負って急坂を上り終えた父娘は汗まみれであった。

沖縄には夥《おびただ》しい数の米兵が上陸して、激戦を展開したのはそれから間もなくのことであった。玉砕のさい、女性ばかりのひめゆり部隊が〝お国のため〟と死んでいった出来事は、戦時下とはいえ当時多くの人々の胸を打ち、涙を誘ったものだった。

本土決戦を間近に控えた暗い世相の中でも源助は、たばこだけは止めようとはしなかった。どこへ行くにも煙管《きせる》とたばこ入れは常に差し込み、煙を燻《くゆ》らすのが唯一の楽しみであった。

彼の楽しみのひとつであるたばこも、昭和十八年一月、平均六十一パーセントと大はばに値上げされた。たとえば「朝日」は二十五銭から四十五銭、「金鵄」が十銭から十五銭、「光」十八銭から三十銭といった具合であった。それも翌年になるとたばこの隣組配給制が実施され、男子は一日六本の割り当てとなった。源助はこのためどこからか、たばこの種をこっそり手に入れて自分で栽培を始めたのが、今年も軒下に干してあった。それを細かくきざんで煙管に詰めてそっと吹かす時、欲望を満たし、かつ禁制の品を自分の手で作り上げたという快感が走った。子供の頃、親の目を掠めてやったいたずらが成功した気持に似ていた。

源助が細かくきざんだたばこを、長雨を前に晴天を利用して最後の乾燥をするために縁側に広げていた。ひとつまみしては篩《ふる》い落とす動作を厭きずに何回も繰り返していた。

外から帰って来た勝代は、座敷に座ると縁側に手を伸ばして源助を真似てたばこをつまみ上げた。

「そこは今ひっくり返しただけやさかい、触ったらあかん」

源助は最も大事にしている宝物を他人に触れられるのを嫌うように、邪険にいった。勝代は一旦引っ込めた手であったが、源助の言葉を忘れたかのように再び手を出して、いじり始めた。

「今役所へ行って遺族恩給の手続きしてきたわ。なんや幸吉の俸給の半分くらい出るらしいで」

勝代の声は意外と明るかった。

「あの人の俸給が二百六十円やったけど、今度少尉に特進したさかい三百四十円になるんやて。そしたら恩給は百七十円くらいあるやろ。今までの蓄えもまだ手ェつけてないし、これだけあったら何んとかやっていけるやろォ。子供も手放さんでもええやろォ」

得意そうにいった。黙って聞きながら手を動かしていた源助は、銜《くわ》えていた煙管を手にすると縁側の角で叩き、再び口にすると大きく吹いて中の煙を出し、いいはじめた。

「せやけどなァ。今はまだ蓄えもあるし、僅かでも恩給が入ってくるさかいええでェ。しかしこの戦争で物はなくなるし、高《たこ》ォなった。たとえ金があっても買われへんもんばっかりや。このたばこかて見てみィ。この二年ほどの間に倍になったし、よしんば金があっても配給制で買えんようになった。いつまでこの戦争が続くか知らんが、先へ行けば行くほど貨幣価値が下がるよってに安心は出来《でけ》へんで」

「そんならお祖父《じい》ちゃんは、やっぱり今でも子供を義兄《にい》さん所《とこ》へ預けよいわはりますのか」

「いや、そうはいうてはおらん。ただ後になって後悔せんようにというただけや」

勝代は、父はやはり子供を手放すのに賛成なんだ、もう父の意見など聞くまい、自分一人で決めようと思った。それ以上子供の話をすると、うまく丸め込まれて結局、手放すことになるのが恐ろしくもあった。釈然としないままその場を去ろうとして立ち上がったが、その際に役場へ行った時に聞いた噂を話した。

「沖縄にアメリカ軍が上がってえらいことらしいでェ。兵隊さんも一般の人も皆殺しやてェ。ひめゆり部隊とかいう女の人ばっかりの部隊も全滅やて。このままいったらあと半月もしたら、日本国中は全滅やてみんないうてるでェ」

「そうか沖縄も玉砕したか。いよいよ本土決戦やなァ。しかし、この辺りまでアメリカが来る時は日本人は誰もおらんようになるやろォ。それも時間の問題やろ」

勝代は敗戦の悲惨さを思うよりも、今の場合うまく話題を摩り替えて、源助が子供を手放す話をしなくなったことの方が嬉しかった。

それきり子供たちの将来の話に触れることなく真夏を迎えた。

一年前、幸吉が最後にこの家から出かけて行った日も、今日と同じように油蟬がしきりに鳴き立てていたと、柿の木に渡した物干し竿に洗濯物を通しながら勝代は思った。これまでは幸吉が帰って来た時に、立派に成長した子供たちを見せて、褒《ほ》めてもらえるのを楽しみに精一杯頑張って来た。だが、その幸吉も帰って来ないとなると、女手ひとつでよくこれだけ子供を立派に育てたと、世間の人々にいわれるくらいの気持でやってみようと心に決めていた。

物資はいよいよ欠乏していった。それまで一日六本だったたばこが三本に引き下げられたが、源助は足りない分を作って補っていたためまだ差し迫った感はなかった。しかし、主食配給が一日二合一勺という最低の状態になったのには閉口した。幸い源助が作った芋や南瓜や野菜が順調に収穫できたため、代用食として常に腹は満たされていた。それでも町からの買い出しが、源助の家にまで盛んに出入りした。人のよい彼は、知り合いの名前をいわれると縁もない人達に食べ物をわけてやった。そんな源助に勝代は、

「せめて子供たちの食べる分だけでもとっておいてほしい」

というのだった。日本国中まさに食料が払底していた時であった。子供たちにはまず食べ物の有難さを教えた。どんなに粗末なものに対してでもそうであった。

「あんたらは毎日、お祖父《じい》ちゃんのお陰でお腹一杯食べられる。今の世の中にはこんな芋の蔓《つる》でも満足に食べられへん人がいっぱいいいやはるんや。せやさかい何んでも文句をいわんと食べなさい。あれがいやや、これがいややというてると罰《ばち》が当たりますよ」

時季になると蕨薇《わらびぜんまい》はもちろん、土筆《つくし》、松茸なども子供の手を引いて取りに行った。食卓にならべると、労働の貴重なことも教えた。

「これは昨日、高ちゃんと健ちゃんと一緒に取りに行って来た蕨や。自分で取って来たもんをこうして食べるとおいしいやろォ」

全てがこの調子であった。幼い高男と健吉の胸の中にもこうして食べ物と働くことの大事さが、少しずつ叩き込まれていった。また食べ物の乏しい時代を乗り越える唯一の方法でもあった。

＊

二十年八月六日午前八時過ぎ、広島市に侵入した少数機のB29が原子爆弾を投下して、一瞬のうちに二十万とも三十万人ともいわれる人間がこの世を去った。

それから三日後、またもや長崎市に史上二番目の新型爆弾が投下され、約二十一万の市民の三分の二にあたる十四万八千七百九十三人を殺傷した。

八月八日付け朝日新聞は、広島への人類最初の原爆について次のように報じた。

『六日午前八時過ぎ敵B29少数機が広島市に侵入、少数の爆弾を投下した。これにより市内には相当数の家屋の倒壊と共に各所に火災が発生した。敵はこの攻撃に新型爆弾を使用したもののごとく、この爆弾は落下傘によって降下せられ、空中において破裂したもののごとく、その威力に関しては目下調査中であるが、軽視を許されぬものがある。

敵はこの新型爆弾の使用によって無辜《むこ》の民衆を殺傷する残忍な企図を露骨にしたものである。敵がこの非人道的行為を敢《あえ》てする裏には戦争遂行上の焦燥を見逃すわけにはいかない、かくのごとき非人道的なる残忍性を敢てした敵はもはや再び正義人道を口にするを得ない筈である。

（以下略）』

勝代は昼食の後片付けを終わると、上がり端《はな》に腰を下ろして翌日配達分の新聞を見ていた。目には恐怖の色さえ浮かんでいた。奥で昼寝をしている高男と健吉の傍らに座布団を敷いて横になっている源助の所まで、新聞を読みながらやって来た勝代は、救いを求めるような眼差しで声をかけた。

「お祖父《じい》ちゃん、どないしょう。広島に新型爆弾が落ちてんやて……。えらい沢山の人が死にはってんやわ、可哀相に……。またどこかに落とされるやろて書いたるけど、ここは大丈夫やろか」

「あほなこというな。こんな山の中に落としても十人くらいしか殺せへんかったら爆弾もったいないだけやないか」

源助の冗談とも本気ともつかない言葉であったが、勝代は多少安堵した。

「そらァそうやな。こんな所へ落としても損するだけやなァ」

笑いだしそうになるのを堪《こら》えて、再び真面目な顔にもどった。

「ここに書いたァるけど、ピカッと光ったと思たらものすごい音とともに熱うなるんやて。何人ぐらい死なはったかわからへんけど本当に可哀相やわ」

とも角、自分たちだけでも今回は犠牲にならなくてよかったという気持が、一瞬にして骸《むくろ》となった人々への同情の言葉となって表われた。

「しかしこの新聞おかしいなァ。なあ、お祖父《じい》ちゃん」

しきりに目をつぶって寝ようとする源助に声をかけた。

「この新聞では、新型爆弾落としたんはそらァ非人道的で残忍やけど、何んで爆弾落とさなあかんようになったか書いてないなァ。ただ一方的にアメリカが悪い悪いて書いたァるわ。ようはわからんけど……」

勝代は真珠湾奇襲攻撃のことをいっているのであった。日本側から仕掛けた太平洋戦争、特に真珠湾の騙《だま》し討ちは人道的なのか、中国大陸の〝三光〟ははたして正義なのか、と源助に尋ねたかった。

日本さえ戦争を仕掛けなければ、あるいは幸吉はじめ多くの将兵や一般民間人も死ぬことはなかったのではないかと、日増しに強く思いはじめている勝代だった。

「日本が真珠湾であんな汚い手ェを使わへんかったら、今度もアメリカは新型爆弾みたいな汚い手ェを使わへんかったんとちがうやろか」

勝代は、かつて幸吉が空母龍驤に乗艦し、真珠湾奇襲に参加して、成功を誇らしげに話したのを聞いて喜んだ自分が、今更ながら恥しくなっていった。夫が戦死した後、頓《とみ》に感じたのは、戦争は何人をも不幸にするが決して幸福にはしないということだった。戦いに勝った側の大将であっても、部下が、知人が代償として神に召されれば嘆き悲しむ。敗れた側はもっと悲惨である。掛け替えのない父を、夫を、兄弟を取られ、途方にくれているのは勝代だけではなかった。

昨年十月から開始された神風特別攻撃隊の出撃も既に二百六十回以上にも及んでいた。一機一機敵艦への体当たりによって死地へ赴いた若者は二千六百余人を数えていたが、勝代は冷ややかな目で、その都度《つど》新聞記事を追っていた。敗戦を避けることが出来ないところまで追いつめられた若者は、戦友たちの戦死を聞く度に、まだ死ねずにいる自らへのいらだちにさいなまれ、散華こそ日本男子と錯覚して敵艦に突っ込んでいった。艦に命中して見事に思いを遂げた者はまだしも、途中で敵艦からの砲撃によって散った多くの若者たちがいたことを後で知った。可惜《あたら》青春を無為に過ごしたこれら若者を思うとき、哀れさよりも体制を批判する自分に気付いていた。幸吉戦死の悲報を受けたときから一層この気持が高まっていた。

「何んにも知らへん若い子を戦争に引っ張り出しといて、祖国のためやとかなんとかうまいこと理由つけて殺してるだけや。幸吉くらいになると分別もあるやろけど、二十歳そこそこやったら生きてるのが恥やくらいに教え込まれたらただ死ぬことだけしか考えんようになってしまうやろなァ」

やっと手がかからなくなったところまで育て上げたと思うと、戦争に駆り出されて死んだ子供を想う母親の気持を考えたとき、勝代の胸には熱いものがこみ上げてくるのを抑えることが出来なかった。

夫幸吉を失った今、戦争のもつ醜怪さと空しさを、身につまされた勝代であった。世間の人並みに遺家族という名ももらった。物資欠乏の中で苦しい思いも味わった。人様から後ろ指をさされることもないはずだ。早く戦争が終わってほしいと願った。

＊

戦争は終わった——長崎に原爆が投下されてから六日目の昼、終戦の大詔が下った。
その前日、源助は松造の家へ遊びに行って、明日重大放送があることを聞いてきた。だがそれはすっかり忘れていたが、時刻間際になって思い出して叫んだ。

「勝代、今何時や」

「十二時十分前ですけど、どうかしましたか」

何も知らない勝代はおっとり答えた。

「今日正午からラジオで、なんや重大な放送があるそうやけど、ラジオ聞こえるやろかなァ」

源助の家には一台の古いラジオがあったが、いくらダイアルつまみを細かく上手に調整しても雑音だけはよく聞こえるという代物であった。一応スイッチを入れてみた。既に玉音放送は始まっていた。跡切れ跡切れに聞こえる天皇の声はわかったが、内容はまるでわからなかった。

そこで源助は一人合点をした。

「アメリカもいよいよ沖縄から本土に上陸を始めたさかい、国民は団結してこれを撃退せよというこっちゃろォ」

夕方食事を終えた頃、松造がやって来て放送の内容がわかったのだった。

「そうか、やっと戦争は終わったか」

源助は握り拳を作って、肩を叩きながら、呟いた。

「終わりましたか、長かったなァ。せやけど幸吉もあと半年長生きしていたら、生きて帰ってこられたのになァ」

勝代は夫に関して二度と未練がましいことはいうまいと、心に決めていたのであったが、つい口を滑らせてしまった。事実そうあってほしかった。もっと欲をいえばこの戦争が半年前に終わっていてほしかった。そうすれば幸吉も生きて帰って来ただろう。きっと死なななくてもよかった人が沢山いただろう。終戦を告げるのが遅かったことを思うとき、勝代の胸は痛く苦しかった。張り裂けるようだった。

終戦の日に、伝達が遅れて死んだ人がいたのを勝代は聞いた。北方領域ではそれ以後に戦死した人たちのことも耳にした。それらの人々の家族の気持を思うとき、今の自分以上に悲しみ苦しむであろう遺族の心中は、悔恨余りあるものだと考えた。

夫を、高男と健吉の父を失ったことを悔やむ気持よりも、アメリカ軍に殺された幸吉を思うとき、戦争を仕掛けた日本軍、特に聖断を下した天皇に怒りを感じた。女である勝代には、大きな幸福は不必要であった。夫がいて、二人の子供がいて小さくとも仲睦まじく将来を語り合いながら一日一日を大切に生きていきたいと思っていた。なのに男のエゴイズムで始めた戦争、それも五分と五分ならともかく、十中八九勝てないとわかっていながら敢えて強行した軍上層部が憎かった。なのに何もわからない兵隊たちに大国になる夢をみさせ、異郷の土とまみれた責任は天皇にあると思った。小さな島国が、何倍もある大国を相手に勝てる道理がなかった。最初は死にもの狂いで当たれば、一時的にも敵を脅かすことも出来ようが、もともと物資のない日本が長続きするとは思えなかった。なのに軍上層部のいいなりになって聖断を下した天皇を許せないほど恨んだ。幸吉が上陸したときに勝代に聞かせた言葉の端端を継ぎ合わせても負けるべくして負けた戦争であることが、歴然としていた。

幸吉は被害者である、加害者は他ならぬ日本であった。勝代の心に強く焼き付いていった。喧嘩を吹っかけておいて、敗れたからといって相手を罵《ののし》るのは恥しい行為だと思った。男らしくないとも思った。

夫幸吉も無意義な戦争で死んだとは思いたくなかった。軍人の妻となって六年間というものは、覚悟も決めていた。口にこそ出さなかったが、上陸して家に帰って来たとき、このまま子供たちを連れてどこか遠くの山中で貧しくとも安心の出来る生活をするため、逃げようと言葉にしかかったこともあった。その度に、軍人であり、男である幸吉の気持を考えるととてもい い出せなかった。だが、軍人である以上に夫でいてほしかったのは真実だった。

勝代は、幸吉の戦死を今なお信じたくはなかった。戦死公報が届けられたきり、遺骨も遺品も手元にはなく、それだけにどこかで生きていると思いたかった。

町には引揚者が氾濫していた。勝代は、仕立て物を届けたとき、汚れた軍服に大きなリュックを背負った引揚者と行き交うと、しばらくは立ち止まって顔をのぞき込んだ。しかしいつも空しい気持で家路を辿る自分が惨めだから、汚れた人たちを見るのはやめようと決めたが、国鉄奈良駅に連なる三条通りは、今日も引揚者が群がっていた。

夕食後の勝代と源助の話は決まっていた。

「本当《ほんま》にあの人は戦死したんやろかァ」

「聞いたところによるとフィリピンといわず南の島は、どこも爆撃で草一本生えたらんそうやないか。そんな所《とこ》でもし生きてたら、とっくに帰って来てるやろォ」

勝代は一面赤茶けた南の島を想像した。椰子の木が密生していると幸吉から聞いてはいたが、今はそれらも吹き飛ばされて、どこまでも見渡せるような広い荒野を思い浮かべた。

「一昨日《おととい》会《お》うた私《わて》の友達の旦那さんなんか戦死の公報が来たんで諦めてたところが、この間ひょっこり帰って来やはったそうやでェ」

「この戦争にはぎょうさん人が駆り出されてるんや。そんな人の一人や二人あったかて珍しいことないやろ」

「その一人か二人の中に幸吉も入ってたらええのになァ」

勝代は羨望に満ちた声を上げた。

町にも駐留軍の姿が目立つようになった。身に張り付くようなGIスーツに、ガムを噛みながら歩く姿は、勝者の威風が漂っていた。若い女をジープに乗せて、甲高い笑い声だけを残して猛スピードで走り去る米兵もいた。婦女子は駐留軍を恐れた。連れさられ、暴行を受けた後、パンパンにされるとの噂が流れたためだった。

腕白盛りの子供たちだけは違っていた。道行く米兵に群がって、口々にそれだけしか知らない英語を使って袖に縋《すが》り付いた。

「ハロー」

「ハロー」

「ハローォ」

差し伸べる手に米兵は苦笑いをしながら、ポケットからチューインガムやチョコレートを取り出しては掌に乗せてやった。

「サンキュウー」

馴れない言葉を再び口にすると、それを合図のように子供たちは一目散に駆け出した。得意になりながら、家の陰に隠れると年長の子供が小さいもののすべてに渡るように上手に分けて、口の中に放り込むと、何事もなかったように遊びに熱中する姿があちこちで見られたものだった。

高男と健吉を連れて、弥市の所へ芋を届けて帰りに勝代はこの光景を見た。

「あんたらはあんないやしい真似だけはせんといてや。欲しかったらお母ちゃんにいうたらなんぼでも買《こ》うたるさかいな」

母は子供たちに諭《さと》したものの、今の時世でガムもチョコレートも売っていないのは百も承知であった。しかし母親としてはいじましい人間になってもらいたくない一念から、つい嘘をついてしまった。父親のいない子はなんと意地汚いと、子供たちが思われるのもいやだったし、まして勝代自身も養育ぶりを批難されるのが恐ろしかった。

だが、決して甘やかして育てる気持は毛頭なかった。むしろ厳然とした態度で臨み、良いことと悪いこととの区別をはっきりつけられる人間にしたいと思っていた。

「父親がいやんようになった今は、私《わて》は父親も母親の役もやるでェ。時には憎まれもするし、喜ばれもするやろォ。しかし私はかまへん、同時にやるでェ」

父のいない不憫な子供たちだけど、決していじけた人間にはしたくない、そのためには両親の揃っている子供たちよりも全てのことにおいて勝たせることだ。高男と健吉の将来について漠然としたものを掴み始めた勝代であった。

もし子供たちに手落ちがあったら、それは片親だから……、やっぱり子供は二親揃わないとだめなものだ……という言葉を聞きたくないためにも、人様より立派な子供に育て上げなければと心に誓った。贅沢はしたくとも出来ないが、教材としてならば出来る限りのことをしてやろうとも考えていた。

が、勝代に大きな誤算が生じたのはそれから直ぐであった。

米軍が本土に上陸して間もなく、マッカーサーの命令によって恩給の支給は差し止められた。彼は日本に足を踏み入れると直ちに軍国主義の崩壊と、帝国軍人の武装解除を主眼とした占領政策の遂行をした。この一環として傷病兵に対する恩給はともかく、戦死者の遺族に対する公務扶助料は一切支払わぬこととした。

役所からの知らせを受けた勝代の胸の内には、落胆と不安が交互に湧き上がった。弥市に高男を取られまいと、俸給の半分は恩給として支給されると源助に話したものの、実際に七月分一回だけを貰《もら》ったところでは俸給の三分の一のなお半分に算出率を乗じたもので、当初の見込みより七十円も少なかった。まして戦後の混乱期で満足に品物もなく、仮りにあったとしてもやたらに高い値段がついていた。

追い打ちをかけるように扶助料も打ち切られた。被占領国としては当然かもしれないが、それにしてもあまりに無慈悲な仕打ちだと、頰をつたう涙を拭うことも忘れ、ただただ役所からの報告書を手に茫然としている勝代だった。息子たちだけは精一杯のびのびと育てようと心に決めた矢先のことだけに、頭の中に爆弾を投げ込まれたような衝撃を受けた。今となっては現金収入の道は完全に絶たれた。辛うじて源助が丹精した柿と芋の僅かを、買い出しに来た人たちに売るのと、勝代の仕立て代が入る程度であった。柿や芋も秋だけのもので、一年分の食い扶にはほど遠いものであった。

「お祖父《じい》ちゃん、どないしょう……。遺家族恩給は打ち切られたし、どないしたらええねんやろォ。やっぱり義兄《にい》さんの言う通り健吉だけでも引き取ってもらおうかなと思てんねんけどやろォ……」

源助は、勝代が相当ショックを受けていると思った。

「この間、お前はあれほど自信満満やったのに、えらい風向き変わったな」

「冗談言うてる場合やあらへん。人がどないしょういうて相談してるのに……」

源助が、娘の消沈した気分を転換しようと言った言葉に角を立てて、勝代は怒った。

「どないしょうて言うてもどうしょうもない。ただ今となってはやるだけやって見るしかないやろォ。幸吉《こうき》ッツあんの葬式出してまだ百日ちょっとやろ。今子供引き取ってくれていうと、ハルばあさんや弥市ッあんから、お前が葬式の席であれほど偉そうな口をきいておきながらその舌の根も乾かんうちにといわれるやろ」

勝代は、煙管《きせる》にこよりを通してやにを取りながら話す源助の目をじっと見ていた。

「食べることとぐらいやったら俺が何んとでもしたる。要するにそれ以外のものは必要最小限に止めて、出来るだけ節約することしかないやろォ。幸い幸吉《こうき》ッツあんが残してくれた蓄えも多少はあることやし……」

父の言うことが嬉しかった。やっていけそうな自信が湧いてきた。今直ぐに、頼まれている仕立て物を仕上げなければならないような衝動に駆られるのを堪えていた。

「せやなァ、今町でも食べる物は不足したるけど、ここには沢山あるさかいなァ。もう直き柿も取れるし、芋も掘らんならんしな。私も一生懸命やるさかい、お祖父《じい》ちゃんも頼んます。おおきに父さん」

娘から久しぶりに父と呼ばれ、まして始めて礼を言われた源助は、照れ隠しに煙管に詰めたたばこを何回も力強く吸った。煙が口の中に入らなくなると火鉢の縁で煙管を軽く叩きながら、呟いた。

「最初から金が入って来るのを当てにしてたんが悪いのや。もともとなかったと思てたらそれほど悲観することもないやろォ。その心算《つもり》でやって見よやないか。

それでもどうしても食えんようになったとき、その時初めて浄言寺を頼って行ったらええがな。切り札もあるさかい思い切ったことも出来るやろォ」

勝代も幸吉の実家には頼りたくないと思った。夫が亡くなった今、自分ら家族と浄言寺とを継いでいた糸は断ち切られた。ところが子供たちは、勝代を度外視して継がっているのに軽い嫉妬を感じていて、意地でも高男や健吉の世話を浄言寺の家族に任せるのは嫌であった。勝代は滅多に弱味を見せない、勝気な女であった。

それからというものは新聞の購読を止めた。電気も決まった数の電灯と、せいぜいラジオくらいしか使えない定額料金に切り替えた。極力金が出るのを防ぐ魂胆だった。

当初、蓄えには絶対手をつけまいと思っていたが、その決意も徐徐に崩れだした。諸物価の高騰である。女一人での針仕事の稼ぎにも限りがあった。着物を一枚縫っている間にも物価は上がり、逆に貨幣価値は下がっていった。遅くまで暗い電灯の下で夜なべしても焼け石に水だった。それでも勝代は死にもの狂いで手を動かした。

「お母ちゃんまだ起きてたん。早《は》よ寝やな身体《からだ》こわすでェ」

夜中にふと目を覚ました高男は、ぼんやりと勝代の方を見ながら決まったように言うのだった。

「うん、もう寝るさかい高ちゃんも早《は》よ寝なさい」

母の言葉に安心すると高男は横になって、直ぐにも軽い寝息を立てた。勝代は、それからも延延として手を休めなかった。時折、拳骨をつくっては肩を叩き、首を回しては針目を稼いでいった。

勝代は手に職をつけたいと、何度も考えた。もっとも楽で金になる仕事がありそうだと思った。いつしか夜なべをしながら、それを考えるのが楽しみになっていた。

「看護婦さんもええけど、三十にもなったらどこも雇てくれへんやろなァ。それにあれは夜勤もあるということやなァ。

これからやったら紳士物の洋服もええやろなァ。せやけどミシン買わんならんな」

女学校時代の友達が就いている職業に、自分の姿を写し替えては気をまぎらせた。

「そうや、美容師さんがええなァ。今はまだ戦争終わったばっかりであかんやろうけど、そのうち世の中が落ち着いたら、きとパーマ屋さんは儲《もう》かるやろなァ。何年ぐらいかかるかなァ、一人前になるまでは……」

修業期間を考える度に心が曇った。傍《そば》で寝入っている子供の顔を見た。長い見習いの間、年老いた父親と幼い子供たちを残して家をあけるのは、忍びないことであった。これまでにも猿沢池の傍らにある旅館の仲居にでもと思ったことがあった。しかし源助と高男、健吉の不憫さを考えるとままにならなかった。和服の仕立てよりもいくらか楽なことはわかっていたが、やはり今の勝代にとっては家をあけるのは許されなかった。未練はあった。

「いつまでも梲《うだつ》の上がらん針仕事よりは、多少なりとも蓄えのある間の方がやりやすい。見習いの間は苦労するやろけど、一人前になったらたとえ小そうても一軒の店持ったらお祖父《じい》ちゃんも子供たちも一生楽が出来るやろォ」

勝代はすでに美容師になることを決めたように、一人で胸をわくわくさせていた。が、次に勝代を襲ったのは、やはり源助と幼い兄弟の面倒を見てくれる人がいないことであった。

「父親が亡くなって母親である私《わて》まで家をあけることは出来へん」

勝代はこれまで通り暗い電灯の下で、夜遅くまで他人の着物を縫っていた。

まもなく終戦から半年を迎えようとしていた。源助の持ち山に隣接して長い鉄条網が張りめぐらされた。ブルドーザーのエンジン音が響き、雑木林が削り取られて土面が均《なら》されたかと思うと広い舗装道路が縦横無尽に走り、その空いた所へ同じ規格の家が数十棟もすごい早さで建てられた。

米軍の将校キャンプである。広大な敷地の中にはPXをはじめ、学校、消防署、ガソリンスタンド、塵芥《じんかい》焼却炉なども配置され、近代的な小都市が地の底から湧き出たように俄《にわか》に出現した。キャンプの出入り口は南門と北門の二箇所で、そこから町へ通じる道路は全てアスファルトによって完全舗装された。これだけの施設を造るのに半年もかからず、初めての終戦記念日を迎える頃には、アメリカ軍将校と本国から呼び寄せられた彼らの家族が入居して既に活動を開始していた。

南門と北門から出ると、そこはキャンプ地域外の一般道路であった。それまでは車、ましてアメリカ軍の軍事用車輌が頻繁に出入りするのが珍しく、高男は小さい弟の手を引いて北門まで行って、いつまでも見ていた。

門には、戦地から引き揚げてきたものの職のない日本人が雇われて、四六時中二人ずつ立っていた。米軍の戦闘服に編み上げ靴、そしてヘルメットを支給されて身につけていたが、どの日本人も体格が合わないため、見るからに可笑《おか》しい格好をしていた。それでも車が通過するとき、律義な番兵よろしく敬礼だけは堂に入っていた。日本人の門衛も馴れない格好をして見られるのが恥しいのか、高男たちが立って見ているとよく怒ったものだった。

「おいお前ら、そんなとこで立っとると危ないさかい早《は》よォ向こうへ行け、早《は》よォ」

犬でも追っ払うように手首だけを動かせて子供たちを帰らせた。一時は退却した高男たちは、再び恐る恐る足音を殺して門に近づいた。それでも見つかると、先程よりも大きな荒っぽい声で怒鳴った。

「お前ら早《は》よ帰れいうのがわからんのか。これは見るもんと違うぞ」

高男は同じ日本人でありながら、大きな声を出して怒られるのがわからなかった。健吉はいつの間にか兄の後ろに隠れて、今にも泣き出しそうな顔で門衛を睨んでいる。そんな弟の顔を見た高男は、怒鳴られた理由がわかるまで帰りたくなかったが、仕方なく健吉の手を引いて歩き始めた。数歩も歩いた頃、思い出したように振り返って捨て台詞《ぜりふ》を吐いた。

「おっちゃんら見に来たんと違うわァ。自動車見に来たんや」

精一杯抵抗した高男の顔は、泣き出しそうになっているのを堪えて引き攣《つ》っていた。

家へ帰り着くなり勝代に先刻遭《あ》った話をした。

「自動車見てるぐらい怒ることないのになァ。せやけどアメリカ人に怒られるんやったらまだしも、日本人に文句いわれるのはけったくそ悪いな」

傍らで鋸《のこ》の目立てをしていた源助が、ステテコの裾をたくし上げながら口を入れた。

「まあ戦争に敗けたさかいしょうがないやろ。引き揚げて来た人もあれで職にありついて助かったし、アメリカも日本語のわからん兵隊立たしておくよりあの方がええねん。そやろォ」

「せやけどつい一年前まで敵と味方に分かれて射ち合いしてたのにおかしいなァ」

勝代は理解に苦しんだ。

「今では敵も味方もあらへん。とにかくキャンプ造ったあの速さ見てみィ。日本やったらおそらく五年ぐらいかかんのんとちがうか。それを僅か半年であれや。すべてがあんな調子では、日本はアメリカに勝てへんかったやろォな。門番もあれ見たらアメリカにペコペコしとうなるでェ。何んであんなに強い国と戦争したんやろと思てるやろなァ、今頃は……」

源助は高男の気持を見抜いていた。

二日後、キャンプ内の通行証を発行するから家族人名簿を早急に出すようにとの回覧板が来た。それぞれの名前と年齢を書いて提出して一週間目に、横文字タイプ打ちのパスが届けられてきた。誰もローマ字は読めなかったが、各人の名前の下に薄く漢字で書かれていたので、何となく個人のパスを受け取って、用意したパス入れに入れた。

高男は、急に偉くなった気分になった。特定の人間しか通行出来ないアメリカ軍のキャンプの中を歩けると思うだけで有頂天だった。しかし、日本人の、あの怒鳴った日本人にパスを提示して、許可を貰って通るのかと思うと憂鬱であった。

源助は町へ行くのに随分《ずいぶん》近くなったと喜んでいる。事実これまで一時間近くもかかったものが、四十分で行けるようになった。勝代も便利になったことは認めたが、手放しでは喜べなかった。夫の命を奪ったのと同じアメリカ人ではないか、と考えただけで胸の中が疼《うず》いた。

幸吉を殺した恨みつらみはないといえば嘘になる。だが、今の勝代にはそのアメリカ人の姿を見るのが辛かった。日本は一年前まで戦っていた相手は、アメリカを中心とした連合軍だった。そして日本は敗れて戦いは終わった。なのに敵だったアメリカ人が目の前にいるのに、日本人である夫は未だ帰って来ない。否が応でも進駐軍の姿を見るにつけて、幸吉を忘れることが出来なかった。戦死公報を信じて諦めようとしていた矢先だけに、残酷だと思った。

「何んでまたこんな山の中にキャンプなんか造ったんやろなァ。もっとええとこがたんとあったやろに。お陰で静かやったとこがえらい騒がしぃなってかなわんわァ」

軍人の妻だった立場から女女しい言動は避けて、意識的に弱みを見せまいとする勝代の姿は、父である源助から見てもいじらしかった。直接戦闘には係わらなかった勝代の心の傷痕が、完治するのは見当もつかなかった。

＊

キャンプ内に植えられた桜も僅かではあったが花をつけ、芝生も一年前に植えられたとは思えないほど青青と生え揃った。

高男は小学校に上がった。楽しみにしていた幼稚園は、ついに行かなかった。遅くまで夜なべをしている母の姿を見ると、小さい胸にも我《わ》が儘《まま》を言うと勝代が困るのがわかった。また、自分が幼稚園で仲間と遊んでいる間、健吉の面倒は誰が見るのだろうと考えた。母が困ってもよい、健吉も一人で遊べるだろうと思うと、無性に行きたかったときもあった。いつの日も耐えた。健吉を連れて付近の林の中を駆け回った。

「高ちゃんはあと二回桜が咲いたら幼稚園やでェ」

母は幸吉が生きている間からよく言っていた。が、それから三回目の桜が咲いた今、高男は小学校だった。

「高ちゃん、幼稚園に行かせてやれんで悪かったなァ。あんなに行きたがってたのに……。せやけどお母ちゃんは幼稚園の先生《せんせ》に聞いたんやけど、高ちゃんはええ子やさかい幼稚園に行か

んでも、小学校へ行ったらええていわはったんや。せやさかい高ちゃんは幼稚園を通り越して
もう小学校へ行くんや」
勝代は苦しい嘘を言った。食べるだけでも足りない家計の中から、高男を通園させるなど考
えても見なかった。また休園している幼稚園も多く、勝代は救われていた。
小学校は義務教育である。子供たちにしてみれば家が貧しかろうが裕福であろうが、平等に
学べる権利を得、親は食べる物も食べないで学校に上げなければならない責任を負わされてい
た。
勝代は学校へ上げる仕度を調《ととの》えるのに血を吐く思いをした。二晩続けて徹夜をしたこともあ
った。目を真っ赤に充血させて縫い賃の値上げを依頼主に頼んだこともあった。
「そうか、高男ちゃんも学校か。これ少ないけど祝いの代わりや、もっていって」
約束した手間賃の倍の金を握らせてくれる商店のお上《かみ》さんもいた。勝代は人の心が嬉しくて、
何度も何度も丁寧に御辞儀をした。その足で猿沢池の辺りに建ち並んだ闇市へ行って、高男の
身体に合う洋服を探し回った。
だが、物の値段が滅法上がっていて、勝代の稼ぎでは買えなくなっていた。安い物をと何軒
か回って見たが、いずれも品物がなく、仮りにあったとしても勝代が考えていた値段の五倍以
上になっているのだった。
「おっちゃん、七、八歳の子供が着る洋服で安いのんないかァ」
勝代は出店の前に立つなり、吊りさげられている衣類を目で追いながら尋ねた。

「そんなもんないでェ。大人物やったら仰山あるけど子供物はなァ。もしあったとしても今は入学前やさかい、どこの親もええもん着せたろて思うてるから高いでェ」

額の禿げ上がった小柄な男の言うのを聞いて、その店を最後に家へ帰った。

大人物は一通り行き渡ったため、金さえ少少高く出せば手に入ったが、子供物は店の親爺の言った通り、滅多にお目にもかかれなかった。

勝代は悔やしかった。夜も寝ないで、高男の洋服を買うことだけを楽しみに着物を縫っていたのに、と思うと泣けた。子供に服の一枚も買ってやれない不甲斐ない自分が情けなかった。

「こんなことやったら最初から着物なんか縫わなんだらよかった。何んのために苦労して来たんかわからへん」

勝代は源助に愚痴った。

「そんなこと言うても、世の中は戦争が終わって何もかもすっかり変わってしもたさかいしょうがないやろォ。それよりも高男の服は家にあるもんで間に合わさなしょうがないやろ」

源助に言われて気をとり直した勝代は、不承不承、柳行李から最も繕《つくろ》いの少ない上下を取り出したが、しばらくはそれを膝の上に乗せたまま動かなかった。やっと口を開いた。

「みんなパリッと新しい服を着て来るやろうな。高男にもせめて初めての日ぐらいええもん着せてやりたいわァ」

尻と両肘に当て布をした半ズボンと上着を交互に見詰めた。脳裏には遺家族と言う言葉が走った。

「父親がいやへんさかい、満足に服も買《こ》うてもらえへんと思われたら高男も可哀相や。これからまだ先は長いのに、こんなことで惨めな思いさせとうはない」

しかし勝代にはどうすることも出来なかった。

桜の花びらが風で散る頃になった。高男の入学式も二日後に控えた日、勝代は仕立て物を届けに町へ行った。そこで久しぶりに女学校時代の友達と偶然に会った。

「やあ勝代さんやないのォ。お久しぶり、今どないしてはんのン。この前の同窓会以来やねェ」

勝代も無沙汰の詫びをした後、夫が戦死して、二人の子供を連れて実家に帰っていることを言葉少な目に話した。

「そうかァ、子供さんももう大きィなったんやろォ」

「ええ、上が今度小学校に上がるんや。下はまだ四ッやけどなァ。あんたとこのお子さんも大きなったやろ」

「うちの子なァ、一昨年死んだんよ。肺炎を拗《こじ》らせてな……、薬もなかったし、食べるもんも満足になかったしなァ」

勝代は身近に悲しみに耐えている人間がいたかと思うと、安心感と親近感が同時に湧いて、何んでも喋《しゃべ》りたくなった。

「それは気の毒なことしたなァ。お互いに子供では苦労してたんやな。いやうちもな、明後日《あさって》上の子の入学式やけど、着るもんで苦労してんねんわ。なかなか子供用はないし、たとえあったとしても高いしな」

勝代は正直に言った。

「そうや、うちの子のやるわ。ちょうど年格好かて一緒やろォ。うちに置いといても誰も着るもんあらへんし、中古やけど着られたら着せたってェな」

「ええッ、本当か。せやけど悪いわ」

勝代は意外な方向に話が進んでいくので驚いた。友達はさも気軽に約束してくれた。

「かまへんかまへん、そしたら明日にでも取りにおいでな。私はこれからちょっと行くとこがあるさかい。ほな明日、さいなら」

友達は足早に去って行った。勝代は全身の力が抜けるほど嬉しかった。

ランドセルと靴は、弥市からの祝いとしてもらった。細細とした学用品や教科書も針仕事の手間賃で少しずつ買い揃え、残る洋服もどうやら手に入る目途がついた。勝代は家まで駆けて帰りたいのを我慢していた。しかし無意識のうちに足が早まるのを抑えることは出来なかった。

翌日勝代は、持ちきれないほどの芋と野菜を持って友人の家を訪れた。茶を飲みながら世間話をしていたが、早く服を見せてほしいと心の中で叫んでいた。人の噂話も一段落してやっと洋服を手にしたが、真新しいものであった。

「他の物はみんなお棺の中へ入れたり、人にやったりしたけどこれだけは残しとこと思て置いたってん。せやけど見る度に子供のこと思い出すさかい早《は》よどこぞへ始末しょうと思てたとこでちょうどよかったわ」

勝代は子供を失っても陰気な気持を表わさない友達が羨ましかった。それに引き換えこの私は、いつまでもウジウジと夫のことばかり考えて暮らしている。早いとここの人を見習って強く生きなければと思った。帰りがけ、友達に会ったことをつくづくよかったと思った。

入学式当日、勝代は高男の手を引いて進駐軍のキャンプを抜け、三キロ離れた学校へ行った。校庭には既に大勢の新入生が集まって、燥《はしや》ぎ回っていたが、それを見た勝代は目を見張った。顔は一様に幼かったが、着ている物はまるで労働者であった。

ある者は父親からもらったのか、借りて来たのか汚れたブカブカの軍服を着ていた。今一人は軍袴《ぐんこ》を膝あたりで切ったのを身に纏《まと》っていた。更に見ると、そのような格好をした子供は一人や二人ではなくほとんどがそうであった。袖口からは手の出ない半オーバーでも引っ掛けたような風体に、素足に藁草履を突っ掛けているのが、まるで制服だった。

高男のようにきちんとした身なりの子供は広い校庭でもあまり見られず、やがて組ごとに指定された教室に入るとさらに減って、それこそ数えるくらいであった。

「戦後二回目の入学式はこんなものか」

勝代は思った。片親だけに肩身の狭い思いをさせてはと、気をもんでやっと洋服を手に入れた苦労がバカらしくなった。みんなは立派な服装で来るだろうから高男にもと、一生懸命になった自分が恥しかった。

それでも小さい軍服姿の中に混じって、紺の子供用スーツを着て先生の話を聞いている高男の後ろ姿を見たとき、どこかの金持ちの坊坊《ぼんぼん》のような気がして、大いに満足した。

「まさかあの服がもらい物とは誰も思わないやろ。これで父親がおらんかて肩身の狭い思いをせずに済んだ」

勝代も昔に幸吉からもらった一張羅《いっちょうら》の着物を身につけていた。が、夫が買ってくれた着物の全てを、蓄えを使い果たした後、米やメリケン粉と交換したため残っている最後の一枚であった。それでも久しぶりに晴れ着を纏い、親子して注目されたこの日の勝代は得意だったし、相当上気していた。

キャンプの北門まで帰って来ると、健吉を負ぶった源助が迎えに来ていた。

「どうやった学校は……。明日から毎日一人で行けそうか」

「うん」

高男も学校が気に入っていた。同年輩の友達がたった一人しかいない家とは違って、周り全てが同い年の仲間ばかりの学校にまず興味を示した。

「高男の服でえらい心配して損したわ」

源助と高男の話の間に、勝代は口を突っ込んできた。

「あのなァ、みんな国防色の軍服みたいなもん着てたわァ。高男みたいに上から下まで揃えたんはほんの四、五人やったでェ」

「それみてみィ。せやさかい俺がそんなに心配することないていうたのにィ」

源助は得意顔でいった。だが、直ぐに真面目な顔つきで続けた。

「大変なのはこれからや。高男も大きィなるにしたがって、本や学用品がいるやろォ。そのうちに健吉も学校に上がるしな。今の間からちょっとずつでも金貯めたらなあかんでェ」

「そうやねん、きょうも近いうちに学級費持って来るようにいわれたわ。二十円や。それにまだはっきりしやへんが、近いうちに給食が始まるそうや。そしたら給食費も要るさかいなァ」

後はしばらくの間、黙って歩いて家に着いた。

次の日から高男は、近所の征夫と連れ立って往復六キロを歩いて通学した。近所の子供たち数名と山の中を駆け回るのが唯一の楽しみであった高男にとって、学校は未知の世界であった。先生や級友たちが大勢いるのも嬉しかったが、何よりも滑り台やシーソーに目を見張った。それまでは、柿の木の枝に綱をぶらさげて作ったブランコや、洗い張り用の板を立てかけた滑り台は知っていたが、本物に触ったのは初めてであった。沢山の友人たちとそれで遊ぶとき、彼の顔は輝き、大いなる可能性を見出していた。

高男はもうひとつの楽しみを持っていた。家と学校を往復するときに見る進駐軍キャンプ内の光景である。朝は北門から入って南門を抜けるまで、帰りは南門から北門に抜けるまでのこの僅か一キロの間には、彼がこれまでに見たことのない新鮮なものばかりがあった。

かつて雑木林だった所に、こんなに沢山の人がいることも不思議だったが、それらの人人は高男とは髪や目の色が違うし、どことなく体つきが違ってわからない言葉を話しているのがもっと不思議だった。道で擦れ違うと立ち止まって姿形を観察し、耳を澄ませて話している言葉を聞いたものだった。

家にしても瓦もなく入口の戸の格好が、これまで暮らして来たのとは大分《だいぶ》違うと思った。白いモルタルに赤いスレート葺《ぶ》きの瀟洒《しょうしゃ》な建物を見る度に、中に一度でもよいから入って見たい欲望が日増しに高まっていった。

これまで町で見かけたどの消防自動車よりも大きくて立派なのが、いつも二台、消防署の前に止めてあるのも気に入っていた。緑の中に建つ白い家家の間で、赤い消防自動車がとても幻想的だと思った。

馴れない舗装道路の感触が、ゴム靴に心地よく伝わって来た。走り去る自動車も、一度も見たことのないものばかりだった。どれもこれも、これまでとても考えられないような楽しく、興味のあるものばかりだった。

高男のクラスでは、キャンプの中を自由に出入り出来るのは彼だけだった。それだけに特異な目で見られた。朝見たことを新しく出来た友達に話すときの高男の顔は、得意の絶頂に達していた。喋り始めると、自《おの》ずから彼の周りは人で埋まり、どの顔も真剣に聞き入っていた。そんな中で話す高男は、いつの間にか自分もキャンプの人間であるかのような錯覚にとらわれたものだった。

勝代の杞憂はみごとに当たらなかった。長い間山の中で生活していたことによって人にも接していなかったため、学校へ行っても先生や級友たちに馴染《なじ》めるだろうか、一人でとりのこされているのではなかろうかと、随分気に病んだ。

ところが当の高男は、知られていない米軍生活の唯一の情報源であり、頭もよくおとなしかったせいもあって、学級委員に選ばれて、張り切っていた。

勝代は満足だった。無事学校へ行ってくれれば学問は身につくだろう。となると母親としては厳しく躾《しつけ》るだけでよいだろうと思っていた。だが、成績もよく、長男である高男に全ての期待をいつしかかけていた。

片親でも学校ぐらいは満足に出してやりたいと思ってはいたが、予想以上に成績がよいのに気をよくして、欲が頭を上げていた。

「高男にはええ会社に入って出世してもらわにゃ。そのためには一生懸命に勉強してもろォて、賢《かしこ》ォなってほしいわ。ええ会社に入るのには片親ではあかんそうやけど、成績さえよかったら文句ないやろォ」

勝代の当面の課題は、高男に今以上に勉強させることにあった。学校から帰るなり机の前に座らせて、復習と予習をやらせ、類似題を出しては頭に詰め込ませた。

「ええか、お母ちゃんが高男にこうして勉強させるのは、別にあんたが憎いからやない。ちょっとでも賢なってもらおと思うさかいや。ええ会社の月給取りになるためには片親だけでは難しい。せやけど頭さえよかったら、なんぼでも勤め口はあるやろう。そのためにも一生懸命勉強せなあかんでェ」

勝代は、高男がいる机の横に座って、針を動かす手を休めないで、両親が揃っていないハンディキャップを噛んで含ませるように説いた。

勝代の言葉に高男は、文句もいわず手際よく問題を片づけて、日一日と母親の期待を小さな肩に負っていった。

五

朝鮮戦争は、不況のどん底を喘《あえ》いでいた日本を、一躍富豪に仕立て上げてしまった。一瞬にしてB29によって瓦礫と化した大都市の市街地も急ピッチで復興が進められ、今では戦争の傷跡も完全に覆いつくされようとしていた。

アメリカの出先工場としての日本の立場は重要な役割りを果たしていた。極東における日本は、鉄鋼製品の積み出しだけでなく、アジアの全域にも目を光らせる軍事基地の中枢として君臨しつつあった。米国の命令と要請によって朝鮮半島へ送り込まれる日本製商品の数は夥しいものがあった。

自ら手を下して、日本全土を焼け野原としたアメリカ軍も、日本の復興は十年くらいはかかるものと見ていた。ところが、終戦とともに蠢動《しゅんどう》し始めた人々は、五年目の今、戦災以前より立派な街に変わらせようとしていた。それに拍車をかけたのが朝鮮戦争で、甘い汁だけを掠めて景気を回復し、一気に復興へ導いた。

しかし大儲《おおもう》けをしたのは一部投資家だけで、その他大勢の人々は物価の高騰が著《いちじる》しい中で安い賃金で扱《こ》き使われ、やはり貧乏だった。

食べ物も金さえ出せばほとんど手に入るようになった。が勝代たちは相変わらず芋や南瓜が主食で、米が食べられるのは一月《ひとつき》に数えるぐらいであった。それというのも現金収入は勝代の和服仕立ての手間賃だけであった。秋ともなれば源助の作った芋や柿を買いに来る人がいても、それらの収入は微微たるもので、結局は勝代に全てがかかっていた。

勝代は長い時間、暗い電灯の下で根を詰めて針仕事をしてきたため、いつの頃から目を患《わずら》っていた。狭い一本道で人と擦れ違っても、傍《そば》までこないと顔がわからないほど近視が進んでいた。特に夜など電球の真下に針を翳《かざ》しても、糸が穴に通すことが出来なく難儀しているのが多かった。

「なんやお母ちゃん、また糸が通らへんのか。俺が通したろォ、貸してみィ」

一個の四十ワット電球の下で、針仕事をする母と向き合って机を置いて復習に余念のない高男は、見るに見兼ねた。

「かまへん、そんなことに気にせずにちゃんと勉強だけしてくれたらええのや」

強情を張って、高男の助けを拒否したものの、たかが糸通しだけでこんなに時間がかかるのかと思うと悔やしかった。月々に縫い上げる枚数も減ってきた。昼間はさほど変わらなかったが、夜、特に黒いものを縫う速度は極端に落ちていった。これまで三日あれば出来上がったものが、五日以上かかることも珍しくなかった。

「こんなに何でも高《たこ》ォなってるのに、着物の枚数減ってたら今ににっちもさっちもいかんようになる」

勝代は、物価が上がるのに反比例して現金収入が少なくなっていくのに焦りを感じていた。手間賃を上げてもらっても、月に三千円稼ぐのがやっとのときもあった。

「子供たちも大きィなったことやし、どこぞへ働きに出ようかなァ」

針先を見つめながらいつも考えていた。

「せやけど子供らが学校から帰って来たときに私《わて》がおらんかったら淋しがるやろ。その気持が溜まって急に何か悪い方へ走られるのも恐いしなァ」

事実、子供たちを非行に走らせるのを極度に恐れた。

「やっぱり片親では子供に目ェが回らへんなァ。仮りに回ったとしても母親だけでは、どうすることもできへんわ。やっぱり子供はちゃんと両親が揃っていなあかんなァ」

そう言う世間の噂を耳にするのが辛かった。自分の子供だけでも真ッ直ぐに育てなければと思っていた。

高男は四年生になり、健吉も小学校に上がっていた。兄はよく弟の面倒を見た。毎朝、健吉を起こすことから、夕方連れだって帰ってくるまで一切、高男が勝代の手を借りずに世話をやいていた。健吉も兄の言うことはよく聞いた。

二人を学校に上げてからというものは、勝代に一層の負担がかかった。給食も始まり、二人で毎月九百円の金が出ていった。学校から戻って来てランドセルを置くなり袋を取り出した健吉が、悪気のない無邪気な顔で金の催促をするとき、勝代の胸は詰まった。

「お母ちゃん、給食代と学級費と旅行積立金この袋の中へ入れといてや。十五日までにもっていかなあかんさかいにな」

健吉に言われたその夜から、勝代の夜なべの時間が長くなるのはいつものことであった。さいわい健吉の着る物は、全て兄のお下がりで間に合っていた。健吉もあまり新しい服は欲しがらなかった。しかし、教科書や学用品は、やはり買い揃えてやらなければならなかった。

勝代は、健吉が小学校に上がる直前まで、ランドセルで頭を悩めていた。高男の入学式に着る服で苦い経験を持っていた彼女は、早いうちに何んとかしてやろうを思いながら、どうすることも出来ないまま日が経っていた。

「今更、義兄《にい》さんには頼めへんし。ましてやあんまり頼りとうないしなァ」

思案にあまっているところへ、高男が神妙な顔つきで話しかけてきた。

「お母ちゃん、実は頼みがあるんやけど、聞いてくれるか。あのなァ、肩から掛けるカバン作ってほしいんや。僕ももう四年生やし、ランドセルは健吉にやるさかいカバン作ってくれへんか。三年生でも持ってる者いるさかい、四年生になったらほしいと思てたんや」

勝代は思わず泣き出しそうになった。高男がいる前では、極力心配かけないように振舞ってきたつもりであったが、どこで聞いたのか、弟のランドセルを心配している。多分、祖父との話を耳にはさんだと思った。高男があんなに大事にしていたランドセルを弟にやるという。それも母に余計な気をつかわせまいと、自分が我が儘を言って悪者になってまで弟に譲ろうとする気持が、いじらしかった。思わず抱きしめて感謝したい気持で一杯になった。高男の小さい嘘に、目の前の物がいつか霞んで見えるようになっていた。

「カバンはいつでも作ったげるけど、大事にしてたランドセルを健ちゃんにやっても惜しいことないか」

高男のこの気持を大切にしてやりたいと思った。

「かまへん。カバンの方が楽でええわァ」

さっぱりとした表情で答えた高男を見ていた勝代は、幸吉を思い出していた。

「お父ちゃんさえ生きていやはったら、小っちゃいあんたらにも苦労させずに済んだのになァ」

口元まで出かかった言葉を抑えると、早速《さっそく》カバンの布地を探すふりをして、逃げるようにその場を立ち去った。以前に幸吉が持って帰って来たキャンパスがあったことを思い出して、それを引っ張り出すと器用に切り裂いた。何本も針を折っては取り替えて、指を赤く腫らしながら肩かけカバンを作り上げた。

「さあ高ちゃん、出来たでェ。ちょっと不細工やけど教科書ぐらいは入るやろォ」

勝代の声に高男は、ランドセルを持って来て彼女の前に押し出した。

「そしたらこれ健吉にやっといて。まだどこも傷《いた》んでへんでェ。やっぱり上等の物はちがうなァ」

勝代は、高男がませた口を利くのを笑いながら聞いていた。

「ところで健ちゃんはどこへ行ったんかいなァ」

「さっきお祖父《じい》ちゃんと畑へ京菜取りに行く言うて出たきりや。これは僕があとで健吉に渡しとくさかい、お母ちゃんちょっと寝た方がええでェ、目ェ真ッ赤や」

ランドセルとカバンを持って立ち上がった高男は、徹夜で目を赤く腫らした母親を気遣いながら言った。

「あの人がいてくれはったら、あの子たちも苦労せずに……」

勝代はまた同じことを考えた。

「やめとこォ。愚痴になるだけや」

今の勝代には、たとえ父親がいなくとも、兄弟揃って仲よく、真ッ直ぐ生きてくれるのが最上の喜びだと思った。

「親兄弟が揃っていても朝から晩まで啀《いが》み合って暮らしていては、ちょっとも幸福やあらへん。その点うちはまだ幸せやなァ」

勝代は座布団を並べて、横になった。

「あとはこのまま片親という引け目を植えつけんようにせなあかんなァ。卑屈になったらもう負けや」

明るい朝の陽の光に眩しそうに顔を歪《ゆが》めた。今の勝代にとって、今後の具体的な子供の育て方は決めかねていた。ただ漠然と、片親がいない分を勉強して学問を身につけて補わせる以外に方法がなかった。それはとりもなおさず世間からは、父親がいないのにもかかわらずあの母はよくやったと自分の苦労が認められる結果ともなるからであった。

「せやけど父親だけではのうて、お金もないのに子供は満足に育ってくれるやろォか」

幼く、可能性を見出すのにはあまりにも小さい二人の兄弟に対する母親の懸念は、限りないものがあった。

勝代は、高男同様に健吉にも学校から戻ると直ぐに勉強することを強要した。最初、高男にも言われ、母親からひつこくいわれて健吉は渋しぶやってはいたが、元来おとなしく座って物事に集中出来る質ではなかった。横について教えてくれる高男の目を掠めては、祖父のいる畑へ行って背丈よりも長い鍬を振り上げていた。物覚えは兄に似て決して悪い方ではなかったが、どうしてこうも高男と性格が違うのだろうと、しばしば勝代を嘆かせた。

「なんや健吉、もう勉強終わったんか」

畑に姿を見せた健吉に言葉をかける源助の顔は明らかに迷惑がっていた。

「まだやったら早《は》よ済ませてこい。そうでなかったらまたお祖父《じぃ》ちゃんはお母ちゃんに怒られるがな」

源助は、色白でおとなしく神経質そうな高男より、まるで性格の逆な健吉を可愛がっていた。そのため健吉も何かと祖父の周りにまとわりついて、特に母に叱られると小さい頃から源助の背中で泣きじゃくっていたものだった。

勝代はそんな源助と健吉を見る度に、小言を言った。

「お祖父《じぃ》ちゃん、あんまり健吉を甘やかさんといてくださいや。お祖父《じぃ》ちゃんが甘い顔を見せるもんやから、健吉はいつまでもええ気になって勉強にも身が入らしません」

「まだこんなに小さい子にそう勉強、勉強ていわんかて、今にこの子も勉強せなあかんと気づいたら自分でやるようになる。それまで伸び伸び遊ばせてやったらどうや」

「そんなときを待っていたら、いつのことになるやわからしません」

「それでもええやないか。ともかく今は、思いきり遊んで身体を作るのも勉強するための大事な基礎や」

「そんなこというて、この子が一生勉強しなかったら、父親のいない子は怒るもんがいやへんからええ気になって遊んでると、私《わて》が世間の人から笑われますがなァ」

最後は二人とも声を荒だてて、喧嘩腰で怒鳴り合った。勝代は、相手が父親とはいえ、子供のことに関しては後へ引かなかった。むしろ源助は、自分の言うことだけをさっさと言ってしまうと、後は鍬を担いで畑に出るのがいつもの行動であった。

と、また健吉が後からついて来るのを足を止めて振り返って見る源助の目は細く、口元を歪めて苦笑しきっていた。

「今頃《このごろ》健吉は、顔や癖まで幸吉に似て来たなァ」

と思った。眉は濃くて長く、鼻筋が通っていて、下唇の厚いところまでそっくりになっていた。顔全体は顎が小さいため、細面に見えるが、決してひ弱ではなかった。

以前にハルから、幸吉は生まれた直ぐから産婆さんの言うことも聞かなかったほど、悪い子だったと笑いながら話してもらったことがあった。人指し指を顎に当てて、考え込む振りをする癖が健吉にもある。血のつながりとはこんなにもおかしなものであったかと、ときどき薄気味悪くさえなった。健吉が二年生になって、母親の言うことを聞かなくなり、悪さも益々激しくなっていった。学校では上級生を追いかけ回し、取っ組み合いの喧嘩をした揚げ句、服のあちこちに綻《ほころ》びを作って帰って来る毎日であった。また帰りには帰りで、進駐軍キャンプの中でいつも喧嘩相手を殴り、それでも飽き足らずに逃げる米軍の子供を家まで追いかけて、とことんやり合って自分が疲れると帰宅するという状態が続いた。

高男は母親のいいつけ通りに健吉を連れて途中まで帰って来るが、喧嘩相手の姿を目敏《めざと》く見つけると兄の制止も聞かずに走り去るのであった。その度に高男はおろおろしながら一人で家へ帰って来た。

勝代が一くさり小言を言い終わった頃、米軍家庭の日本人メイドを連れて帰ってくる。そしてお定まりの文句を言うのであった。

「またお宅のお子さんですね。うちのジェリーちゃんの頭に瘤《こぶ》を二ツもつくった上に、家の中まで追いかけて来て、腕に噛みついたんですよ。これから二度とこんなことのないように注意してください。今度あったら子供とはいえMPを呼びますからねェ」

メイドは自分の子供でも怪我をさせられたように、すごい剣幕で怒鳴りたてた。健吉は同じ言葉を繰り返して平謝りに謝る勝代の後ろに隠れて、捲《まく》し立てる女を睨んでいた。

「すんまへん、すんまへん。本当《ほんま》にどうも……。この子にもよう言い聞かせますよって、今日のところはどうか……」

勝代に謝罪をさせて留飲を下げたメイドは帰ろうとした。そのとき健吉は口早に叫んだ。

「お母ちゃん謝ることない、悪いのはむこうの方や」

「健吉、何を言うんや、どっちが悪ぅても人様に怪我させたお前はもっと悪いんや。お前も一緒に謝りなさい」

「いやや」

健吉は、手にしていたランドセルを放り投げるなり表へ飛び出していった。

「本当にえらいことをしまして……。なにしろあの子には父親がいやんもんですから、我が儘で困ってます。本当《ほんま》にすんまへん」

勝代の言い訳によって、なるほどという顔をしたメイドは、軽蔑した目を傍でことのなりゆきを立ったまま見ている高男にも投げかけて、帰っていった。

女が帰ったあとで、高男から実情を聞いた勝代は、健吉に済まない気持と、よくやったという気持が接着剤でくっつけたように胸の中に張りついた。

「ほんなら何か、先に手ェ出したんはアメリカの子やな」

「うん、そうや。四、五日前やったかなァ。健吉と学校から帰り、消防署の横の石垣の上から、あいつらが弓で僕らを狙とったんや。それがたまたま僕の足に当たってな……。ほれ見てみィ。まだこんなに赤ォなったるわ」

高男はズボンの裾をまくり上げて、矢で射られた傷を見せながら話を続けた。

「そのとき健吉がそいつらのとこへ行って、その弓を折ってしもたんや。そしたら次の日から、また石を投げたり、棒を振り回したりするもんやさかい、その度に健吉は喧嘩しとることになるんや。せやさかいもともと悪いのは健吉の言う通りアメリカの子供の方や」

勝代は嬉しかった。だが言葉に出してはいわなかった。

「この間もなァ。学校でなァ……」

高男は言ってよいものかどうしようか、しばらく考えるように話した。

「健吉は三年生の子ォ泣かして職員室へ呼ばれとったけど、あれも相手の方が女の子の折り紙とったさかい、それを見てた健吉が行って殴りよってん。そしたら殴った健吉が悪い言うて職員室で長い間怒られてたみたいやでェ」

勝代は、乱暴でも、わが子が絶対正しいと思った。しかし、子供たちの前では暴力の正しさを少しでも見せては駄目だと思った。

「何されてもこっちから手ェ出すことはあかん。じっと我慢しやな。学校でもよう健ちゃんのこと気ィつけて見たってやァ」

「せやけどなお母ちゃん、たとえ手ェ出さなかっても悪いことした者ンは怒られんと、その悪いことを止めた健吉が怒られるのは可哀相やわ。ほんなら悪いことしたほうが得や」

母は長兄の言うのがよくわかったが、何んと言って止めてよいのか言葉を探した。高男が泣いて訴えた通り、素直に健吉を褒めてやりたかった。だがそれでは暴力を肯定することになる。

次の瞬間、また忌まわしい考えが頭を持ち上げた。

「父親がいなくてきつう怒る者がおらんさかい、子供たちも図に乗って喧嘩ばかりしていると世間の人は言うやろォ」

といって世間の悪口を聞かずに、健吉をおとなしくさせる方法は思いつかなかった。

「ともかくな、健吉が喧嘩しているのをみたら止めたってや。あんたお兄ちゃんやろ、それくらいのこと出来るやろ。そうせな高ちゃんのもお母ちゃんも人様に笑われるさかいになァ」

高男には、母親の言った後の方が理解出来なかったが、ともかく喧嘩だけはさせないでくれと頼む勝代の気持はよくわかった。それからの勝代は、健吉が暴力を振う原因ばかりを考えた。

「高男の話によると、自分から手を出して始めた喧嘩ではないと言うたが……。いつも弱い者いじめをする者を叩いているそうやけど、理由はどうあれ手を振り上げることだけは止めささんとなァ。

それにしても、高男は女の子みたいにおとなしいのに、健吉だけなんであんなに気性が荒いのやろうォ。別に家の中では気に入らんこともないはずやし……。やっぱり何んかの不満が積もって、それが一気に出るのやろかァ。不満というても差し当たって何もないけど……、やっぱり父親のいやへんことが原因やろかァ」

勝代は出来れば避けて通りたかった幸吉であったが、結局は避けることが出来なかった。健吉の不満と幸吉を結びつけたとき、彼女の全身には高圧電流が駆け回ったように、痺《しび》れて動かすことも出来なかった。

「そうやなァ、やっぱり男の子には父親が必要なのやろォか」

心の中では決めかねていたが、やはり否定する方向へ無意識のうちに走っていた。

間もなく勝代に、源助の妹を通じて再婚話がもち上がった。叔母のリツは大乗り気で、しばしば勝代のもとへやって来た。

「ああしんど、あの坂道上がるだけで寿命が三年ほど縮まるわ」

来ると決まったように、遠路を訪ねて来てやったといわんばかりに、恩着せがましく自分の疲労を前面に出した。

「叔母ちゃん、どないしやはったんです。用事やったら手紙でもくれはったらこっちから出向きましたのに」

勝代は再婚の話の返事を聞きに来たのは百も承知であったが、わざととぼけて尋ねた。

「何いうてんのん。この前話した再婚の返事聞きに来たんやないの。先方さんはえらい急いではってなあ」

「そんなことというても、私《わて》はまだ相手の人も知らんし、まして一人で決められる問題やあらへん。なにしろまだ小さい子供もいることやし。第一先方でも私《わて》のこと知りはらへんやろォ」

「せやさかい一応その気ィがあるのか、ないのかだけを聞いてくれというもんさかい、こうしてこんな山の中までしんどい目ェしてわざわざ来たんやないの。それでもし勝代ちゃんにその気ィがあるんやったら、写真と履歴書交換しようと、こないいうてはるんや」

勝代はリツがそんなに恩着せがましくいうのなら、この話はなかったものにしてもよいと思った。

「一応子供らにも相談してみますから、もうちょっと待ってもろてくださいな」

「なんや、この前からこの話はしてあるのにまだおいてないのんか。先方さんは今年中に式を挙げてな、来年は年回りが悪いさかい急いではるんや。ちょっとは私の身にもなってほしいわァ」

リツは怒り出した。勝代は、リツが勝手に話を持ち込んで急いでいるだけで、自分は知らぬことだと思った。だが、朝から遅くまで夜なべ仕事をしても一向に生活が楽になるどころか、苦しくなる一方ならば、いっそのこと再婚でもしてせめて子供たちだけでも人並みな生活をさせてやりたいと思わないでもなかった。今でもその気持が心のどこかに引っ掛かっていて、リツの話を無下《むげ》に断われなかった。

勝代がお茶を入れ替えに立ち上がったと同時に、神棚に供える榊を取りに行っていた源助が戻って来た。兄の姿を見たリツは哀願するように語りかけた。

「ああ兄さん、ええとこへ帰って来てくれたわ。この間の話やけどなァ、私と勝代ちゃんとでは埒があかへんねや。そこで兄さんからも、見合いだけでもするように勝代ちゃんにいうてきかしてェなァ。ところで兄さんは勝代ちゃんが再婚してもかまへんやろォ」

「俺は別にかまへんでェ。もともと幸吉《こうき》ッツあんとこへ嫁いで、あんなことになったさかい戻って来よったが、この七、八年一緒に暮らしてたんはお釣りみたいなもんやさかい。あいつもまだ若いし、どこぞええとこがあったら、もう一遍嫁がせてやろうと思てたぐらいやさかいなァ」

「そうかァ、ほんならこの話を進めてもええなァ」

リツは満足そうに言うと、座り直した。

「せやけど嫁に行くのは、俺でもお前でもない、勝代や。せやさかい勝代の意見も聞いたらなあかんでェ」

兄にいわれた妹の顔からは、再び笑みが消えて厳しい目つきで源助を見た。

「ともかく兄さんからもう一遍ようくいうておいてくださいや。今日は帰りますけど、また二、三日したら来ますから、そのときはええ返事聞きたいもんですなァ」

歩きながら、吐き捨てるように言うと、リツはさっさと帰って行った。炊事場で父と叔母のやり取りを聞いていた勝代は、源助の言葉が嘘であると思った。年も七十に手が届くところまで来ていて、身も随分弱っている。季節の変わり目には必ず神経痛が出た。畑仕事も若い頃の半分も出来なくなっていた。そんな父が、娘を再び嫁がせてみたとことで、残るのは淋しさばかりであることを勝代は知っていた。

かといって、両親が揃っている一人息子のところへ嫁ぐのに父も一緒とはいかないだろう。結局はこの縁談も諦めた方がよさそうだ。そうしないと、これまで幸吉に代わって子供や私を養ってくれた苦労が報われないではないか。しかし、ちょっと惜しい気もするしなァ、と自問自答を繰り返した。

「まあええわァ。ここまで散散苦労して来たんや。これ以上貧乏になることもないやろうォ。鍋底を這うような貧乏の方が私ら《わて》には向いているのかもしれへんなァ」

勝代は自分自身を慰めて、諦めようと努めた。が、もしかしたら、母子三人がいることで、却《かえ》って父を苦しめているのではないかとも考えてみた。源助一人なら何んとか細細と食べてゆけるが、私たちがいるために余計な仕事が増える。一人分の食べ物を作るならともかく、子供を含めてとはいえ四人の作物を丹精するのは、並大抵のことではないはずだ。すると私たち母子がこの家を出た方が……、とつい今しがた、一生この家で貧乏に耐えようと決意したのが根元から音をたてて崩れ落ちるような錯覚を起こした。

こうなると自分一人では解決のしようもなく、源助に相談しても彼は淋しさと、苦しさをわざと忘れるため、ただ薄笑いを浮かべて同じ言葉を繰り返すだけであった。

「そらァお前のことやさかい、自分で考えてええと思た方へ動いたらええ。お祖父《じい》ちゃんのことは心配するな。お前がこれでええと思う信念を持っていたら高男も健吉も文句はいわんやろォ」

源助は、勝代の親として娘に幸福になる最後の機会を与えようと、懸命に説いた。勝代は、そんな父の言葉を聞く度に、やっぱり一生父と苦労をしようと思いつめた。しかし、最後の判断は子供たちに任せることにした。高男と健吉に聞いて、もし彼らがどうしても新しい父親を必要としているならば、この家を出よう、源助とも離れて暮らそう。だが、このまま祖父のもとで生活してもよいとなればどんなに苦しくとも、この家で一生暮らそう、と思った。源助と勝代の意見が平行線を辿っている今となっては、これ以外に解決策はなかった。

南瓜と煮た油揚げの取り合いをしている高男と健吉を横目で見ながら、米よりも麦の多いご飯で、夕食は早目にすませた。おかずの取り合いではいつも仲裁に入る勝代も終始無口で、ただ機会的に飯を口の中に運び込むだけだった。源助も黙黙として語らなかった。

「お茶をくれ」

最後になってこれだけいうと、注がれた温《ぬる》い茶を一気に飲んで早早と寝床を敷いて横になってしまった。高男と健吉は、そんな父子に目もくれず、残ったおかずを目の前にして、啀《いが》み合っていた。

「あんたたちいつまでもみっともないことしてるんや。早いとこ食べて寝なさい」

興奮が頂点に達した勝代は、思わず叫ばずにはいられなかった。発狂するときもこんなものかと考えたほどであった。

ヒステリックな母親の言葉に箸を投げ捨てるように置いて、立ち上がった二人の子供に母子の運命を賭けた自分が恐ろしくもあった。だが、今となっては後に引けなかった。不自由なく暮らすもよし、散散苦労して来た祖父と一生を共にするもよし、ともかく、幼い兄弟に運命の神が宿っているようにさえ思われた。

いつ話を切り出そうかと、勝代はその機会を狙っていた。食後、燥《はしや》ぎ回る子供と勝代は、揃って同じ場所で顔を合わせることはなかった。仮りにあっても二人の兄弟は、何かに熱中していて、とても母親の真面目な話を聞いてくれそうな雰囲気ではなかったため、勝代は寝間に入って横になるのを待った。夕食が早すぎたせいもあったが、それでもえらく長く感じたものだった。

業を煮やした勝代は、子供たちにむかってついに怒鳴った。

「もう遅いさかい早《は》よ寝なさい。座敷の中で走り回っていると、お母ちゃんの針先が震えてしょうがないがな」

母の言葉にやっと観念した高男と健吉は、寝間着に着替えて布団の中に入ったが、それでもなおふざけていた。二人が落ちつくのを針を動かしながら見ていた勝代は、我慢しきれなくなって、針を針山に荒荒しく突き刺すと、座っている向きを寝床の方に向けた。

重苦しく陰陰滅滅な調子を一刻も早く解消したかった。自分の苦しい立場を楽にしたいと焦った。子供たちが冷静に物ごとの判断が出来るまでと隠忍自重している母の気持が、雰囲気として高男と健吉に伝わると、申し合わせたように黙ってしまった兄弟は、静かに横になった。二人の話が跡切れた頃合いを見計らい、しばらくは兄弟で話をすることがないと見た勝代はゆっくりと重い口を開いた。

「実はなァ……、お母ちゃん喉が乾いたなァ、あんたら乾かへんか」

勝代は言葉につまって機会を逸した。関係のない言葉にならないで独りごちた。しかし、こんな状態ではいつまで経っても埒があかないと見ると、大きく目を見開いて、高男と健吉の顔を交互に睨みながら、平静を装って話し出した。

「実はあんたらお父ちゃんほしいことないか」

気のせいか、声が震えているように思えた。

「お父ちゃんがほしいと思わへんか」

これだけいうと高男か健吉から言葉が返ってくるのではないかとしばらく待った。反応がないとみると話を続けた。

「実はあんたらのお父ちゃんになったろォていう人がいやはるんやけど、お母ちゃん一人では決められへんさかい、一緒に考えてェなァ」

飽くまでも子供たちの考えに従うと決めて、意見を求めている勝代にとっては、それ以上の先入観を与えないで、正直な胸のうちを聞きたいと思って、あえてそれ以上は話さなかった。

やがて高男から反応があった。起き上がりざまに納得のいかない顔をして聞き返した。

「お父ちゃんいうても、僕らのお父ちゃんは死なはったんやろォ。それなのに、何んでお父ちゃんが来やはるのや。もしかして違う男の人が来やはるんやったらお父ちゃんとちごて、それはおっちゃんやないか」

高男は思っていたことをはっきり言った。さすがに勝代は返答に困った。その通りだと思ったが、今更、子供たちに婚姻がどうのと説明したくはなかった。

「そうやなァ、お父ちゃんやないけど、お父ちゃんの代わりをしたろォといわはるおっちゃんがいてはるのやけど、そのおっちゃんと一緒に住んでもあんたらはかまへんか」

高男は再び横になると天井を睨んでいた。しばらく黙っていたが、いきなり布団の上に正座をすると、厳しい口調で問い直した。

「そのおっちゃんて僕らの知ってる人か」

「私《わて》も知らんさかい、勿論あんたらも知らんやろォなァ」

「そうか。それでお母ちゃんはそのおっちゃんのとこへ行きたいのんか」

勝代は、高男の執拗な追求にたじたじとなって、答える言葉すら忘れてしまった。

「………」

鯨尺を何回も持ち替えてはやっと気を取り直した。

「お母ちゃんはどっちでもええのや。せやさかいあんたらに決めてもらおうと思て、こうして相談してるのやないか。思てることをはっきり言うてくれた方がお母ちゃんも嬉しいのやけどなァ」

母親である前に年上の人間として、子供たちを諭すように言った。

「お母ちゃんがそのおっちゃんと一緒に暮らしたいというのやったらともかく、そうでなかったら、僕らはここにいた方がええ。知らんおっちゃんとこへ行くよりも、お祖父《じい》ちゃんと一緒にいた方がええわァ。健吉、お前もそう思うやろォ」

父親についての想い出もなく、存在価値すら知らない健吉も、高男の剣幕に押されて話がわからないまま小さく頷《うなず》いた。やっと考える気になった弟が尋ねた一言が、勝代の胸を大きく抉った。

「お祖父《じい》ちゃんは……、お祖父《じい》ちゃんも一緒やったら僕はいってもええでェ」

勝代は健吉の一言で全てが決まったと思った。普段は暴れン坊で手のつけられない健吉が、ここまで人の心を読み取れるようになったのを驚くとともに、自分の躾が間違っていなかったのが嬉しかった。

「よっしゃ、わかったわ。ほんならこの話はなかったことにしよう。お母ちゃんも叔母ちゃんによう言うて断わっておくさかいになァ」

子供たちの意見で、母親の腹ははっきりとした。それでも今一度悔いを残さないように尋ねてみた。

「お父ちゃんになってくれはるおっちゃんのとこへ行ったら、好きな物も買《こ》ォてもらえるし、毎日、麦ご飯と違《ちご》うて白いご飯やおいしいものが食べられるんやけど、それでもかまへんなァ」

勝代は、どんなことがあっても子供たちが二度と主張を覆さないと見届けると、わざと誘惑するような調子で言った。が、彼女の見込み通り、子供たちの意見は本物だった。

「まあええやろォ。知らんおっちゃんとこへ行って気苦労するよりは、今みたいな貧乏の方がええわァ。なにしろ長い付き合いやさかいになァ」

小学生とは思えないませた口を利く高男を勝代は笑って見ていた。

「そんなませたとこどこで聞いて来たんやァ。本当《ほんま》にこの子いうたら……」

後は言葉にならなかった。口は笑っているつもりでも、目は既に涙が溢れていた。指の先だけで左右に涙を拭った勝代は、嗚咽《おえつ》の声を出した。

「よっしゃ、今までお母ちゃんの都合のええことばっかり考えてて堪忍やでェ。貧乏でもかまへん、みんなで一緒に暮らそォ。叔母ちゃんにはあんじょういうとくわ」

勝代が言い終わらないうちに、いきなり高男が母親の首にしがみついて、一緒に声を上げて泣いた。

出遅れた感じの健吉も、やおら起き上がって勝代の肩につかまりながら泣き出した。彼にしてみれば、何んで母と兄が泣いているのかはよくわからなかったが、二人を見ていると自然に涙が出てきた。母の涙もそうだったが、日頃甘えたことのない兄までが、涙を流しているのがとても悲しかった。

薄暗い電灯にも、母と兄の涙は光って見えた。無性にやりきれない気持だった。周りは静かで沈鬱な雰囲気が、一層三人の涙を誘った。

「わかったわかった。もう高ちゃんも健ちゃんも泣かんでもええ。お母ちゃんはどこへも行かへんさかい」

「僕は……泣いてへんでェ。目ェ……に塵《ちり》が……入ったんや」

健吉は、日頃強いと思われているのに、ここで弱いと思われたくなかった。幼い頭で精一杯考えて答えたつもりだった。しかし、母には嘘であるのがわかってしまったかな、と思った。今更嘘だとおもわれても最後まで、目に塵が入って自然に涙が出てくると思わせるように、片方の目だけを盛んに擦《こす》っていた。高男は声こそ出さなかったが、いつまでも泣きじゃくっていた。

数日後、やって来たリツに勝代ははっきりと断わった。叔母はさもいまいましそうに、恐い顔をして長い間愚痴っていた。

「せっかくええ縁談やと思てたのに。先方さんにもお前のこと話したらそりゃ喜んで、一日でも早《は》よォ式を挙げたいといいなさったのに。戦争が終わってみたら、年頃の男は急に少なくなったこのご時世で、お前には勿体ないような話やないか。お互い再婚同士やさかい、固苦しいのはやめて、気軽に行こうてそこまで話が進んでたのになァ。先方さんもがっかりするやろォなァ。どやろォ、もう一遍だけ考え直してもらえへんやろか。私の顔を立てると思ォて、なァ頼むわァ」

勝代は断わり続けた。一方的に話を進めておきながら、破談になったからといって、脅したり、宥《なだ》めたりする叔母が、次第に腹立たしくなってきて、ついには声を荒立ててしまった。

「ともかくお断わりです。何んといわれようと私はこの家で、みんなで暮らすことに決めました。貧乏にはもう慣れました。叔母ちゃんもそのつもりしといてくださいや」

多分、先方にもいい顔が出来ると浅薄な考えを持って来たものであろうが、却《かえ》ってそれが腹立たしかった。それっきりリツからは再婚の話はなかった。勿論勝代は長い間、叔母とは会わなかったためである。

叔母が帰って昼ご飯の仕度を始めた勝代の傍に、源助が立っていた。

「お前はリツの話を断わったそうやな。なんでやァ、せっかくええ話やったのに。この際貧乏から抜けるええ機会やったのになァ。貧乏はこの俺だけで充分や、お前らには早いとこ、楽な暮らししてもらいたいと思てたのに、先の短い俺のこと考えよって、あほやなァ」

源助は怒っているようでもあり、喜んでいるようでもある口振りだった。勝代には、父が最大限の感謝の気持を表わしているのを見抜いていた。長い間一緒に生活をして、父親の心が読めないような私ではないと思っていた。

じゃが芋の皮を剝《む》く手を止めて、源助の言葉を背中で聞きながら、顔には笑いさえ浮かべていた。自信があるとともに、胸に詰まっていた一物を吐き出した爽やかな笑みであった。

「かまへんわ。もうしばらく厄介かけるけど頼みますわ」

鈍い音を立てながら、ゆっくりとじゃが芋を切り始めた。

「せやけど叔母ちゃんには悪いことしたなァ。怒って帰らはったわァ。お祖父《じぃ》ちゃんから後でよう謝っといてやァ」

「あいつは世話やきやさかい、これでちょっとは身に応えたやろォ。あんな調子であっちこっちの家へ行って、喋りまくっているかと思うと俺の方が恥しいなるわ。なんせ兄妹の中では一番社交家やったさかいになァ。昔からあの調子やさかい気にすることあらへん」

源助は、勝代が再婚話を断わって満足したのか、話す言葉の響きが違うと勝代は思った。

「この話を断わったのをお祖父《じぃ》ちゃんそんなに喜んでくれるのやったら、やっぱり断わってよかった」

と、勝代は思った。

父子で意見を交わさなくても、父は子供の幸福を考え、子供は父親の立場を思うとき、理想の結果が自然に生まれたのが嬉しかった。

戦後まる五年も経った今、勝代たちの主食は芋と南瓜であるのに変わりはなかった。学校から帰ってきた子供たちに与えるおやつも芋を擦りつぶし、味つけして固めた饅頭であった。米や魚の干物を続けて食べた日は二度となかった。

朝鮮戦争による軍需景気は、戦後復興を一気に早めた。街の人も大いに潤《うるお》い、金さえ出せば何んでも手に入る世の中に変わっていた。人々は神武景気といって浮かれ、暗く楽しみのなかった太平洋戦争当時の分も取り戻そうとしているかのように、食べ物、着る物、遊ぶものどれを見ても贅沢に打ち興じでいた。

が、勝代たちが暮らす所は好景気とは無縁の地であった。和服を仕立てても仕立てても生活は楽にならなかった。米や肉類を除いた食べ物は、源助によって細細ながら賄《まかな》えたものの現金収入は日に日に減っていった。これは金の入る額が、勝代の目の障害で多少は少なくなったのは仕方がないとしても、インフレによる物価の騰貴はどうすることも出来なかった。勝代が縫い物をしている間にも、針目を増やすよりも早く物の値段が上がっていった。

百円や二百円縫い賃を上げてもらったところで、焼け石に水であった。それでも勝代は、学校に行っている二人の子供のために懸命に頑張った。父親の愛情を知らないまま、学校へ行くまでに成長した高男を健吉には、せめて学校で要る費用の心配はさせたくない一心からだった。

健吉の悪さは直る気配がなかったが、高男と共に毎日休むことなく通学した。身体が弱そうに見える高男も、病気ひとつせずいてくれるのは有難いと思った。今医者にかかるといっても、その日暮らしの家庭ではとてもその余裕はなかった。

健吉は二年生になったが、毎日予習と復習を欠かしたことのない高男に引き替え、相変わらず遊びに熱中していた。近所に同じ年頃の子供もなく、高男が机に向かっているときは一人で雑木林の中に入り、木にぶら下がったり、棒切れで幹を叩いたりして兄が出て来るのを待っていた。

ところが最近では映画で見たのと同じような隠れ家に興味をもって、兄にもわからないように作り始めていた。それはターザン映画に出てきた木の上の家であった。

一月程前に、高男と健吉は弥市に連れられて映画を見た。それはターザンが出てくるもので、象やライオンやその他本でしか見たことのない動物が沢山登場した。動く動物たちを初めて見た健吉は、映画が終わるまでスクリーンに目を奪われていたが、なかでも彼の興味をそそったのが木の上の隠れ家だった。

健吉は映画館で映画を見たのはこれが初めてだった。学校で一、二度見たが、それらは歯の磨き方だとか、花が咲くまでを撮影したフィルムばかりであって、健吉の気を引くものは何もなかった。

ところが劇場映画を初めて見て、そのおもしろさに引かれた。洋画なので話しているのはもちろん、スクリーンに出てくる字も幼い健吉には読むことが出来なかった。それでも画面を見ているだけで充分おもしろかった。

映画が果てての帰り道、健吉は早速たった今見たような隠れ家を木の上に作ってみたいと、そればかりを考えていた。

ついに行動を開始した。学校から帰るなり、カバンを放り出して山の中に入っていった。まず、手頃な木を見つけるのから始めたが、登り易そうで、上部が青青と繁って他人には見つけにくい山桃の木に作ることを決めるまで時間はかからなかった。

健吉は得意になって、木に登った。葉っぱが邪魔して見晴らしはよくなかったが、それだけに見つかる確率も少ないと、大いに満足していた。枝の先まで登り、葉っぱを押し分けると、遠くに柿の木にうずまった家の屋根だけが見えた。目を下にやると、駐留軍の舗装道路があって、今トラックが一台走っていた。

翌日からは、板切れや縄をもって山桃の木にやって来た。スクリーンから頭に焼き付けたターザンの隠れ家を、頭で描きながら何日もかかってやっと完成させた。

思ったよりもよく出来たと、健吉は自分で感心した。急に偉くなったような気持になった。得意さを満面に浮かべ、笑いが無意識のうちに出て止まらなかった。

「ここは俺の秘密の場所や。兄ちゃんにも絶対に教えたるもんか」

心では決めていたものの、その夜、高男に自慢したくて仕方がなかった。向こうから聞いてくれれば教えてやるのに、早く聞かないかなと思っていたが、隠れ家があるのすら知らない高男は聞く訳がなかった。そこでつい健吉は口をすべらせてしまった。

「あのなァ兄ちゃん。俺なァ隠れ家作ったんやでェ」

人には知られたくない気持と、見せびらかして自慢したい気持が交互に働いていたが、ついに見せたい気持の方が強くなっていた。

「木の上やけど、ちゃんと寝られるんやでェ。この間伯父《お》ッちゃんとターザンの映画みたときに木の上にあったやろォ。あれよりええでェ」

「毎日暗なるまでどこかへ行ってると思てたらそんなもん作ってたんか。それでどこへ作ったんやァ」

「それは内緒や。見たいか、見たいんやったら明日連れて行ったるわァ」

高男は、勿体ぶる健吉を腹立たしく思った。

「どこへ作ったかぐらい教えてくれてもええやないか、このけちッ」

高男は怒り出した。

「そんなもん作って勉強せやへんかったら、またお母ちゃんに怒られるでェ。お母ちゃんにいうたろォ」

兄は母の名を借りて、脅かして何んとか場所を白状させようと思ったが、健吉はその手に乗ってこなかった。諦められない高男は強行策に出た。

「お母ちゃん、健吉はなァ勉強せんと隠れ家作って遊んどるでェ」

炊事場に向かって大声で叫んだ高男は、健吉の方を振り向いて卑俗な笑いを浮かべた。高男の声に兄弟喧嘩でも始めたと思った勝代から、直ぐさま言葉が返ってきた。

「喧嘩したらあかんでェ。健ちゃんも宿題があるんやろォ。それ先にやってから遊びなさいや」

高男がいったのは聞こえなかったと思うと健吉は安堵した。同時に兄としての今の態度は許せないと思って、食ってかかった。

「兄ちゃん卑怯やないか、何んでもお母ちゃんにいいつけて。もう絶対隠れ家のあるとこ教えたらへんさかいになァ」

兄に秘密を漏らしたことを後悔した。頭の中で描いていた通りに出来たものを見てもらいたい気持もあったが、折角《せっかく》楽しみを分けてやろうとしたのにと思うと口惜しい気分で一杯になった。突然連れて行ってあまりの出来ばえと、その奇略さに驚く兄の顔を見たいと考えていたのに、裏切った高男が憎くなった。

寝床に横になっても口惜しさは募《つの》るばかりであった。こんなにも兄が憎いと思ったのは健吉にとって、生まれて初めての経験だった。隣で寝ている高男の足を思い切り蹴ると、寝返りを打ってしまった。

翌日からは、雨が降らない限り健吉は隠れ家へ行って一人で遊んだ。自分だけしか知らない小さくとも秘密を持っているのが、彼にはたまらなく愉快だった。後ろめたい気持もないではなかったが、今は誰も知らない場所で自分だけの城の殿様だと考えると、すっかり忘れて家を出るときポケットに押し込んできた茹《ゆ》でたじゃが芋を頬張った。

五月の風が心地よかった。一抱えもある山桃の木も、新芽を吹いていた。周りの木々もいっぱいに燃えるような青さを競っていた。

いつも通り健吉は、学校から帰るなりやって来て、谷間を通るアメリカ軍用トラックを見下ろしていた。細い木を横に何本も渡しただけの隠れ家だが、健吉には黄金の御殿のように思えた。ここから見る周りの景色が好きだった。重そうに垂れ下がった葉っぱの間から見る自分の家も、この隠れ家に比べると小さく貧弱に思えるときさえあった。

いつの間に来ていたのか、高男が下から声をかけた。

「やっぱりここやったか。なんや、これがお前の言うてた隠れ家か、猿でももっと上手に作りよるでェ」

高男は言い終わらないうちに木に手をかけて上り始めたが、誰も知らないはずのここに兄が来たので、しばらくの間は驚きのあまり声を出せなかった。やっと気を取り直した健吉は、上で腹這いになって、上って来る高男を見下ろしていた。

「なんや兄ちゃんか、びっくりしたでェ。せやけど何しに来たん。上がったらあかん」

健吉は、兄が上がって来るのを拒《こば》む理由はなかったが、先程、猿の家よりひどいと言われたのを思い出して、意地でも上がらせてやるものかと思った。

「お母ちゃんが何してるか見て来いて」

高男は言い訳がましく理由をつけると、真ッ赤な顔して上がって来た。健吉は、母の命を受けて来た兄を絶対に上がらせない覚悟を決めた。自分一人だけの秘密を兄に知られただけでなく、帰って母に告げ口をする兄の顔がそこにあった。高男は組んだ丸太に手をかけた。

「上がって来たらあかん、上がらしたらへんでェ」

健吉は執拗に拒否した。そして兄が手をかけている丸太を、棒切れで思い切り叩いた。痺《しび》れるような衝撃と、音に驚いて手を離した、高男は地面に横になっていた。瞬間的な出来ごとだったので、健吉には何が起こったかしばらく判断できなかった。それでも木の根元にうずくまっている兄の姿を見て、落ちたのはわかったが、どうしてよいかわからず、黙って見守っていた。

やがて高男は足を抱えて泣き出した。

「痛い痛い、足が痛いッ」

兄の泣き叫ぶ声に驚いた健吉は、慌てて木から滑り下りると一目散に家を目がけて駆けだした。走りながら母の怒った顔が目に浮かんだ。その度に速度が落ちた。

健吉は勝手口から飛び込み、母には兄が木から落ちて泣いていることだけを告げた。勝代は竈《かまど》の前に座って、火吹き竹を手にして盛んに薪の燃え具合を窺《うかが》っていたが、急いで立ち上がると健吉の指さす方向へ駆け出した。源助も後を追って走った。

まだ高男は足を抱え込んだまま泣き叫んでいた。

「どないしたん」

母は高男が痛がるところを摩《さす》った。

「立てるか、ちょっと立ってみィ」

源助は高男の腋《わき》に両手を差し込んで、抱いて起こそうとしたが、痛がる高男の泣き声は大きくなるばかりだった。

「これは骨が折れたるかもしれんなァ。ともかく医者に連れて行った方がええやろォ」

言うなり源助は高男を負ぶって、歩き出した。健吉も不安げな顔をして後について歩いた。

松造の家から自転車を借り、高男を乗せて町の医者へ行って帰って来た源助は、呆れたように言った。

「男のくせに大袈裟な奴や。骨折やあられん、捻挫やてェ。そうやのに高男は泣いてばっかりいて、先生も笑《わろ》てはったわ」

源助の言葉に、勝代も胸を撫で下ろした。と同時に攻撃の中心が健吉に向いてきた。

「兄ちゃんの怪我は軽かったからよかったものの、これが足でも折って一生治らへんかったらどないする。ほんまに仕様の無い子やで、健吉は」

兄より大袈裟な言い方をする母も可笑《おか》しかったが、傷の程度も軽くすんだ嬉しさから、笑いたいのをじっと堪えていた。

「明日学校から帰って来たら直ぐにあの隠れ家とかいうのを壊しといで。そうやなかったら家へ入れへんさかいになァ。ちゃんと家があんのに何んであんなもん作りたがるのやろォ」

勝代は子供の気持が読み取れなくて苦しんだが、健吉も子供たちの気持をわかってもらいたいと思った。しかし今は、いくら弁解しようが、盾を突こうが母の憤懣が消えないと思うと勝代の言葉に従うより他に方法がなかった。

次の日、母に言われた通り隠れ家を壊すつもりで木に上がった。しばらくの間、これまで通りに座ったまま、下を走る車を眺めていた。今日限りで折角作ったこの隠れ家を壊さなければならないと思うと悲しかった。得心がいくまで座っていた健吉は、思い切って小さな秘密を壊すと、それ限り話にも出さなかったし、もう一度作りたいとも思わなかった。

近近、屋根や横板も作り、雨の日でも大丈夫なように作り、宝物や本を運びこんで日曜日などは一日中そこで暮らそうと楽しい夢を見ていた矢先だけに、結わいてある縄をほどくときに手が震えるほど悲しかったが、母の命令とあれば仕方がなかった。それっきり隠れ家のことは忘れてしまった。

それからというものは、高男と一緒にいる時間が多くなった。退屈な毎日であった。山へ蕨を取りに行ったときはまだしも、家の中で、新聞紙にクレヨンで落書きをして時を過ごすなど健吉にはもっとも苦手だった。しかし、遊ぶ道具もなく、ましてや幼い頭にはほかの方法を知らない彼には、どうすることも出来なかった。

六

長い夏休みも終わりに近かった。

毎日午前中、決まった時間に机の前に座っていた兄の高男に比べ、健吉は連日飛び回っていた。勝代は見るに見兼ねて小言の言いっぱなしだった。

「もう直き夏休みも終わりやけど、二人とも宿題は全部すませたか。まだやったら早《は》ようやらんと、学校へ行く間際になって忙しい思いせなならん。健ちゃんはまだらしいけど、兄ちゃんに見てもらってやってしまい」

「僕の方は全部終わった。あとは五日間毎日、絵日記つけるだけや」

高男は得意顔で答えた。

「長い夏休みやったのに、どこへも連れていってやること出来へんかったなァ、堪忍してや。どこぞへ連れて行ってもらったことを作文にして出すような宿題あったんと違うか、昨年高ちゃんは確かそんなこというてたなァ。今年あたり健吉に回って来る頃とちがうかァ」

勝代は健吉の腹の中を見透かしたように詰問した。

「いやないよ、俺の方も大体終わったわ。本当《ほんま》やでェ……。第一、今年は宿題そんなに多いことなかったもん」

健吉は、母が疑っているのを知っていた。後ろめたい気持から、出来るだけ信じさせようと、言葉を探して弁明した。だが、健吉は、今夏の宿題でもっともいやだと思っている作文をはじめ、手付かずのものがどっさり残っていた。完全に終わった宿題といえば、雨の日に高男と一緒に、紙函を利用して作った船らしいものたったひとつだけで、それも新学期が始まる前になって工作がないのに気づいて慌てて学校へ持って行くことにしたものだった。

健吉は、やさしく話しかけている勝代の顔を見るのが恐ろしかった。きっともう、自分が嘘をついているのを見破っただろうと、母の顔を見ながら話せなくなっていた。

勝代はいつにもなく、情がこもっているような問い方をしたので、ついに健吉も本当のことを話した。

「あのなァ……、本当《ほんま》はなァ……、まだ宿題全部出来てないんや。ちょっとぐらいは終わったけどなァ」

「何が残ったァんの」

「ええっとなァ、練習帳やろォ、図画やろォ、それに日記やろォ、あと何んでもええさかい植物の観察だけや」

終わりの方になると声がだんだんと小さくなってきた。作文については、頭にこびりついて離れなかったが、言わなかった。

「だけ……とは何んや。これやったら全部やないか」

さすがの勝代は優しく聞いていたが、科目が増える度に次第に呆れ返って情けなくなってきた。

「せやけど工作も終わったし、国語の本も読んだでェ」

「そんなんは終わったうちに入らへんわ。これから兄ちゃんに見てもらって練習帳片付けてしまい。それから日付と天気だけでも書いときィ」

母は、のんびり構えている健吉に苛立たしげに言うと、針仕事をやめて横に押しやった。

「さあ、宿題全部ここへ持って来なさい」

ついに怒り出した。健吉は、勝代の声に恐る恐る隣りの部屋から宿題の帳面を抱えてやって来ると、投げ出してたったまま口のなかでぶつぶつ言い始めた。

「日記つけようと思っても毎日同じことばっかりして遊んでたら書くこともないし、それに絵を描こうと思ても画用紙買《こ》ォてくれへんさかい出来へんのやァ」

どうにでもなれと健吉は、自棄《やけ》を起こした。

「そんなこと理由にはならへんよ。そらお母ちゃんが、あんたらをどこへも連れて行ってやれへんかったのは悪かった。しかし、なあ健ちゃん……」

勝代は、健吉に痛いところを突かれたと思った。四十日間も毎日、山の中を駆け回っているか、祖父と畑に出ているぐらいで、それ以外に変わった行動をしない健吉にしてみれば、毎日同じことを書く気になれなかったのはよくわかった。

画用紙にしても、子供たちから催促されない前に買って置くのが常識だったろう。が、気にはなっていたが一枚五円の画用紙よりも、暑い時期であり子供たちに少しでも滋養のあるおかずをと思うと、お座なりになってついつい画用紙に目をつぶっていた自分を後悔していた。五円の金も儘《まま》にならない生活がつくづく恨めしいと思った。

怒りも悲しみに変わり、健吉には経済的な窮地を悟られまいと、穏やかに話し始めた。

「あのなあ健ちゃん。どこへも行けへんかったら日記書けないか。たとえば山の中に入っても、昨日は樫の木に上ったが、今日は違う木に上ったやろォ。同じ木でも昨日は朝で今日は昼やったとする。そしたら昨日と今日の日記帳には違うこと書かなあかんやろォ。お祖父《じい》ちゃんと畑へ行ってもそうや。昨日は薩摩芋に水をやったけど、今日は何をしたんや。こうしてその日のことを細かくかいたら書くことが一杯あるやないか。そうやろォ」

勝代は、子供たちには今日という日の今という時間は一生に一度だけしかこないことを教え、その時を大切にするよう教えたかった。健吉はわかったのかどうか、ゆっくり噛み砕くように話す母親の口を黙って見ていた。

それから数日のうちに、兄の手も借りて宿題のほとんどを終わらせた。中でも、あの日以来素直につけた日記の一行を見た勝代の顔から一気に血の気が失せた。

『ばんごはんはこめのごはんでした……』

健吉にして見れば何んの悪気のない文章であったが、勝代は大いに気にとめた。その夜は、これまで芋やよくて芋粥を食べていたのに久しぶりにご飯を炊いた。子供たちはおかずに手をつけないで、白いご飯だけをよく食べた。日頃変わった食事が気に入ったのか、健吉をそれを日記に記した気持は母である勝代には、胸が潰れるほどよくわかった。

「先生がこれを読んだら何んと思わはるやろかなァ」

担任が読んでいる姿を想像すると、顔が赤らんでいくのが自分でもわかった。

「父親のいない家庭の食事は、毎日どんなもんやろォて思わはるやろなァ。よっぽどひどいもん食べているのやろォて思われたら恥しいなァ」

勝代は健吉に書き直させようと考えた。だが、下手な字で書いてあっても事実である。健吉も精一杯考えて書いたものだから、子供の正直な気持は大切にしてやろうと、そのまま学校に提出させることにした。

最初、目を通したときには、恥しさよりも先に息がつまる思いをした。しかし、たとえ父親がいなくても、子供たちは素直に育っている証《あか》しになったのが嬉しかった。

新学期が始まった。それぞれの子供たちは懐かしさをこめて、教室の中で三三五五と集まって休暇中の出来ごとを得意になって話していた。浜寺や琵琶湖へ泳ぎに行った話、長い間汽車に揺られて親類の家へ行った話、大きなモーター付きの模型ボートを買ってもらった話など話題は尽きなかった。どこへも行かず、何も買ってもらえなかった健吉は、それでもみんなの話を一生懸命聞いていた。内心は羨《うらや》ましさと妬《ねた》みが交差し、何もしてもらえなかった自分が一番不幸だと考えていた。

担任の女教師が教室に入って来たのも気づかず、子供たちは口々に喋りまくっていたが、一人が慌てて腰かけるとそれを合図にして一斉に雷鳴に似た音を立てて席についた。

「久しぶりにみんなの顔を見て、先生はとても嬉しい。みんな元気そうだから安心しました。また、今日から先生と一緒に勉強しましょう」

形通り新学期の挨拶を終えると、宿題は明日持ってきてください、今日持って来た人は前に持って来るように、と付け加えた。

作文を書いていない健吉は、憂鬱だった。作文の題は『お父さん』だった。が、父親の存在すら知らないで育った健吉には、何を書いてよいのか皆目見当もつかなかった。母には、見たこと、やったことを文章にすればよいと聞いた。しかし、父に関しては見たことも、もちろん一緒に何かしたこともなかった。それでどうやって書けばよいのか、長い夏休みの間、小さい頭を痛めていた。

母に聞けば、また目にいっぱい涙をためるのはわかりきっていた。そんな母の顔を見るのが辛くて聞く気にはなれなかった。勝代の悲しそうな顔を見るくらいなら、宿題をやってこなかった罰として廊下に立たされた方が、まだ気が楽だった。

母からは、父は戦争で死んだと聞いた。健吉は、父親に関する思い出が全然なく、自分の家庭の中に父がいることすら想像するのが困難だった。祖父と母子で慣れ切った健吉には、今更どんなことをしてくれるか知らないが、父がいてもそぐわないものだと考えていた。父の存在を想像するには、あまりにも健吉が小さい頃、出かけたまま帰ってこない幸吉との隔たりがあり過ぎた。

死んだ意味さえ計りかねていた健吉は、最初から父親はいないものと思って育ってきた。子供が出来る生理的原理さえ知らない健吉には、後にも先にもこれが家族全員だと考えていた。源助や勝代がときたま幸吉の話をしても、それは町を歩いている男性や、ときには訪れて来る全く自分の家には関係のない人のことだぐらいに考えて、さほど気にもしないで今日まで成長したのであった。

勝代はよく「お父ちゃんが生きてはったらなァ」という言葉を口にした。

健吉は、父が生きていたら一体どうなるのか、考えも及ばなかったし、根本的に父とは何んだと疑問に思っていた。それが夏休みの宿題として、『お父さん』について書けという。世の中には父と名のつく人はいる、ただ自分の家にはいない、ということは当然いないものは書けない、いや書かなくてよいと考えていた。

翌日、担任の女教師秋山は、作文を一人ずつ読ませた。教育者の立場として、生徒の父親についで知っておくのも悪くないと考えた。集めたものを職員室で見る前に、級《クラス》の中で銘銘に読ませ、他の生徒にそれを聞かせて級友の父親像を連想させるのも悪くないと思い、立ってそれぞれ書いたものを読ませることにした。秋山にしてみれば、なかなかのアイディアだと自分自身で思い込み、出席簿の順番に読ませた。若い女教師は、立ったまま教卓に寄りかかり、指を腹の上で組んで目を瞑《つぶ》ったかと見ると、思い出したように天井を見て聞き入っていた。

『僕のお父さんは会社の社長です。僕がほしいというものは何んでも買ってくれます。この間も電気機関車を買ってもらいました。毎日それで弟と仲良く遊んでいます……』

『日曜日にお父さんと大阪の動物園へ行きました。象やライオンや猿がいっぱいいました。猿の檻の前でお父さんは、あの猿お前によう似てるわといわれて恥しくなりました』

生徒たちは次々と作文を披露していった。秋山は、幼稚な文章ではあったが、精一杯父親というものを描こうとしている教え子たちの気を汲みとり、読み終わると一人ずつに寸評を加えた。

健吉の順番は迫ってきた。一人が呼んでいる最中にこのままずっと読み続けていてほしいと願った。作文を読み上げる声が耳に届かないかのように、秋山の顔を見ていた。だんだんと一人の読んでいる時間が短くなっているようにさえ思った。心臓の鼓動さえも早くなってくるのがわかった。

「ええっと、次は諸橋君やね、諸橋君」

相変わらず教卓によりかかっているのに、目の前で声をかけられたように大きな教師の声が聞こえた。一瞬目の前が真ッ暗になった。宿題をやっていなかった健吉は、息苦しく、身体も動かないほど緊張しきっていた。

二度目に名前を呼ばれたとき、椅子を軋《きし》ませてゆっくりと立ち上がった。その姿は刑が確定して留置所に戻る罪人に似ていた。俯《うつむ》いたまま、半ズボンの裾をつまんでいた。膝が擦り切れた高男の長ズボンを切って、半ズボンにしたのを健吉は穿《は》いていたが、この日ぐらい股の縫い目が粗《あら》いと感じたことはなかった。

時時怯《おび》えたように顔を僅かに上げて、伏し目がちに若い教師の顔を見て次の言葉を待っていた。

「諸橋君、読んでください」

強度な近視の目を細め、健吉を透かすように見ていた秋山は、勢いよく教卓から離れると傍《そば》に近づいて来た。机の上には何もないのに気がつくと、ヒステリックな声を上げた。

「諸橋君は作文を書いて来なかったんですか。どうしてですか、はっきり言いなさい」

健吉は深く俯いて答えを探した。秋山の白粉《おしろい》の匂いが鼻を衝いた。教室の中は静まり返り、これから始まる秋山と健吉の言動を注目していた。健吉は周りからの突き刺さるような視線を満身に感じていた。作文くらい書けないのかと、軽蔑の色を露骨に表わした目も健吉は見た。

「作文はどうしたんです。忘れたのですか、それとも遊ぶのが忙しくて書けなかったのですか」

秋山は、健吉の脇に立つと、腕組みをして執拗に聞いた。恰《あたか》も勝者の驕《おご》りに似ていた。また、怠け者に制裁を加えるのが教育者の義務であるかのように、詰問を繰り返した。

「黙っていてはわかりません。男らしく、遊びすぎて宿題を忘れましたと一言いえばよいのです。そうでしょう、はっきりいいなさい」

遊び過ぎたのは事実である。だから作文が書けなかったのではない。健吉には、見たことも、遊んでもらったこともない父親の何を書いてよいかわからず、考えている間に新学期が始まったのであった。小さな頭では、決して遊んで書けなかったのではないと、繰り返し繰り返し抗議した。が、言葉にはならなかった。

また頭の上で細い声がした。

「はっきりせん子やねェ。お父さんのこと書くのにそんな難しいことあらへん。毎日見てるお父さんのことそのまま書いたらええのや。そうやろォ、それが書けへんということはやっぱり怠けてたんやなァ。よっしゃ、もうええ、この時間が終わるまで廊下に立っていなさい」

毎日見ているお父さん、そんな父がいたらとっくの昔に、みんなと同じように自慢話を作文にして、大きな声で読んでるよ、と悔やしかった。健吉は口に出かかっているのを堪えた。顎が痺れるほどに奥歯をかみ締めていた。

さんざん事情も知らないで健吉に毒突いた女教師は、教卓に戻ろうと足の向きを変えたとき、健吉は顔を上げた。気配を感じて再び秋山が振り返って彼の顔を見た途端、立ち止まってしまった。健吉の目の周りには涙が溜まっていた。両手を固く握りしめて、椅子から一歩横に出ると低い声で一気に言った。

「遊んでたんと違うわァ、お父ちゃんいやへんから書けへんかったんや」

それだけ口にすると、健吉は激しく戸を開けて廊下に出ると、教室を背にして立っていた。秋山は教室の前へ歩きながら考えたが、健吉のいった言葉の意味が理解出来なかった。続いて何人かの児童の作文を聞いたが、上の空であった。読み上げる声は耳に入ってくるが、内容は頭に入らなかった。それどころか、先程の健吉の言葉が次第に大きくなって、頭の中を占領してしまっていた。

若い担任は終業ベルが鳴る前に、作文を集めて授業を打ち切った。廊下へ出ると健吉の肩に手を当ててやさしく言った。

「諸橋君、さっきはどないしたん。何か訳があるんやったら先生に話してくれへんか」

出来る限り穏やかに、諭すような口調だった。授業の終わった児童が廊下に溢れてきた。健吉もその中に混じると、秋山を短い時間睨んだだけで姿を消した。

これ以来、健吉は若い女の担任を憎んだ。級《クラス》の連中とも交わす口数は少なくなった。自分の弱さを、みんなが知ったと思うと、対等に話が出来なかった。顔を見られるのも辛かった。そんな状況にさせた秋山を嫌いだと思った。

職員室に戻った担任の秋山は、集めた宿題を机に投げ出すようにして置くと、頬杖をついて考え込んだ。

「あの子は一体何を考えてるんやろォ。しかしあの言葉が引っかかるな」

身動《みじろ》ぎもしない姿を不審がった年老いた教諭が近づいて来て声をかけた。

「秋山先生、どうかしやはったんですか。どこか身体の具合でも悪いのと違いますか」

「いえ、うちのクラスの子のことを考えてたんです。夏休みに父親についての作文の宿題を出したんですが、一人だけやって来ませんでね」

秋山はこの老教師に全てを聞いてもらって解決策を見出したいと思って、つい今しがた起こったことを具《つぶさ》に話した。

「その理由が、お父ちゃんいてないから描けないと言うんですよ」

老教師は、自分の椅子を引き出すと跨《また》いで腰を下ろし、背もたれに両腕をのせた。顎の下に剃り残された数本の白い髭《ひげ》が、年長の教師生活の疲れを感じさせた。

「誰です、その子というのは」

「はあ、諸橋健吉というんです」

秋山は問われるままに答えた。早く自分の立場を楽にしたい気持もあった。

「ああ、諸橋高男の弟ですやろォ。あの子らの父親やったら戦死していないですなァ」

老教師の言葉に、秋山は全身に冷水をかけられたように、身震いした。しまった、と思ったときは既に遅かった。

「そうでした」

秋山は教育者としてもっとも戒められている、児童の心に傷をつけてしまったのを後悔した。同時に家庭訪問したとき、母親から父親が死んだからくれぐれもよろしくと頼まれているのを思い出した。入学式の前に、受け持ちの生徒の身上書を一通り読んだときも、確かあの子の父親欄には戦死と記入されていた。

「先生、どうしましょうか。諸橋君の気持も知らんと、つよいこと言うてしまいました。あの子はえらいショックを受けているでしょうね。教師としてやってはならんことをやってしまいました」

秋山は、助けを求めるように老教師の顔を覗き込んだ。

「すんでしもォたことは仕方がないでしょう。これからは暖こう包んでやることですなァ。後はもう時間が解決してくれるのを待つだけですよ」

老教師は悟りきったように、冷たく言った。秋山は迂闊だった自分を深く反省した。

「それにしても兄貴の方はおとなしゅうて、勉強もよう出来ますが、弟の方はどうですかな」

「そんなに頭が悪い方ではないようですが、なにしろ乱暴でしてねェ。よい言葉で言えば活発というんでしょうか」

話題が変わって多少は気が楽になってきた。ゆっくりと背もたれに背中を当てて座りなおした。

始業のベルが鳴って二人は立ち上がった。老いた教諭は出席簿と教科書を手にするとさっさと職員室を出て行ったが、秋山は教室に顔を出すのが恐ろしかった。健吉が拗《す》ねたまま教室に戻って来なかったらどうしようと、廊下を歩きながら考えた。

入口で席に着いている健吉の姿を見ると、安堵の色を浮かべて勢いよく戸を開けた。教壇に立つと健吉は担任を睨んでいた。目を細めると彼の顔は見えたが、わざと細めないで見えないまま授業に入った。しかし、健吉が気になって時には、目を細めて見る自分が悲しかった。愚かさに腹さえ立ってきた。

健吉が立たされた噂は高男の耳にも入り、勝代にまで聞こえてしまった。夕食のとき、勝代は問い正して見たが、健吉は茶漬けの中に入れた蒸した芋を箸で細かく砕いていたが、語ろうとはしなかった。母に泣かれるのがいやだった。

「なんで立たされたんや。どうせまた悪さしたんやろ」

「…………」

「あんたが悪いことばっかりしてると兄ちゃんが肩身の狭い思いしたら可哀相やろォ。それに父親のいやん家は躾《しつけ》も出来たらへんと思われたら、お母ちゃんも恥しいさかいになァ」

勝代は体面を気にした。健吉はそんなとき、担任と同じように母も嫌いだと思った。母が困ってよいとさえ思った。むしろ困らせてやれと、今日の全てを話した。

「作文書いて行かへんかったから立たされてん」

「なんで書いて行かへんかったんや」

「せやけどお父ちゃんのこと書いて持って来いていわはったんや。せやけど俺は何を書いてえかわからへんかったから、書かなんだら立たされてん」

「そうか」

勝代はそれっきり黙って考え込んでしまった。箸を揃えて膳の上に置くと、膝に両手を乗せたまま、茶碗の中を見詰めて目を逸《そ》らさなかった。

重い口を開いた。

「先生《せんせ》もこんな小さい子に無理いわはるなァ。もうちょっと配慮してくれたらよかったのになァ」

健吉が可哀相だった。担任の女教師を詰《なじ》った。立たされたのを怒った。思い出したように箸を取ると、残っていた米粒を一つずつ口の中に運んだ。

「そんなことというたかて、教室の中には仰山子供がいるんやさかい、先生《せんせ》かていちいち全部覚えていたら大変や」

源助は茶碗の茶を飲むと立ち上がり際に、担任に対して同情的な言葉を漏らした。

「いやあの先生《せんせ》は評判悪いんや」

勝代は秋山の悪い噂をいくつか耳にしていた。昨年、東京の大学を卒業すると郷里の奈良へ帰り、健吉たちの学校へ就任するやすぐに一年生の受け持ちとなった。新任教師は普通、もっとも手のかからない四、五年生を受け持つが、秋山先生は最初から一年生を受け持った。ために父兄からは、何もわからない新米教員を上級生の担任にして、一年生には慣れた先生を当てるよう要望も出していたが、そのまま一年半が立っていた。口の利き方が横柄だとか、生徒の扱いが下手だとか、東京の学校を出たのを鼻に掛けているなど、評判はよくなかった。

今にして勝代は、思い知らされたような気がした。入学して間もなくあった家庭訪問では、はきはきとものを言う常識人に見えたが、喋り方ひとつにしても不慣れからくる不安さを隠し切れない秋山であった。

「この子の小さい時に父親が戦死してしまいましたから、父の顔を知らんと育ちました。だからこれまでは何をしてもええわ、ええわで大きくして来ましたが、学校へ上がったからには我が儘は言わさへんつもりですから、先生の方でもよろしゅうお願いします」

訪れて来てくれた担任の秋山に、勝代は何遍も繰り返し頭を下げて頼んだ。東京の大学を出たこの若い教師に合わすため、勝代が無理をして中途半端な関東弁を喋るのを、健吉は傍らに座って不思議そうな目付きで眺めていた。

「わかりました。私も初めてなもので、至らない点も多いかと思いますが、そのときはこちらこそよろしく」

秋山は儀礼的に答えると、帰っていった。あのとき、秋山先生に健吉のことは頼んだのに、それなのに無理な作文が書けなかったからといって立たすのは酷すぎると思った。宿題を忘れた我が子を棚に上げて、無理難題を出す教師だと、逆恨みするほど勝代は興奮していた。

「やっぱり私がもっと学校へ、よう顔を出しとかんとあかんかってんなァ」

父兄参観日にも、学校に言ったことがない勝代だった。針仕事の時間を削ぐのも勿体なかったが、それ以上に、来ていく洋服がなくて健吉にも肩身の狭い思いをさせたくなかった。朝鮮戦争によって、国民の生活は一気に豊かになり、これまでとは様相を一変した。父兄会も、例外ではなかった。美しく着飾って、狭い教室を白粉の匂いで一杯にしようと企《たくら》む母親たちで溢れていた。子供たちの勉強を見にくるよりも、きれいな格好をして学校に来て、他人より多少でもよいものを身につけていると、優越感に浸る母親も少なくなかった。美人コンテスト並みの光景があちこちの教室で見られた。

着るものをもたない勝代は、そんな場所に出るのが憚《はばか》られた。妬みと優越の視線が飛び交う狭い教室内では、勝代の身の寄せどころがなかった。惨めな思いをしてまで行きたくないと、一回だけ顔を出したきりで、後はいかなかった。

それが今になって災いしているのではないかと勝代は考え続けた。盆暮れの付け届けをするほど経済的に余裕があるわけでもないし、度々学校へ出かけておべっかを使うのも気が進まない勝代であったが、これからは父兄会になりふりかまわず出席する腹を決めた。着飾って出席する級友の母親たちに混じって、むさい格好では健吉がいやがるかも知れないが、小さい心の中に大きな傷をつけられた今となっては、そんなことはどうでもよかった。

健吉が昼間の出来事を忘れたかのように、盛んに箸を動かしているのがいじらしかった。普段、父親についいては、聞くも語りもしない子供たちが一層不憫《ふびん》だった。

数ヵ月が経った。

今冬もっとも寒いのではないかと思われた日、担任の秋山が風邪を引いて珍しく学校を休んだ。

給食は、いつもの水分の全くないコッペパンの他にドーナツがついた。各級ごとに係りが給食室から運びこみ、均等に配分すると、バケツの底にドーナツが二個残っていた。一個は担任教師の分であり、もうひとつは長欠児童のものであった。

生徒たちは級長の合図で、一斉に金属の食器をせわしなく動かして給食を食べ始めた。健吉は何年ぶりかでドーナツを口にしたが、大勢の人間と一緒に食べるせいもあって、勝代が配給のメリケン粉で作ってくれたものより二倍も三倍もうまかった。冷めた脱脂粉乳を基に薄めたミルクを口にしながら、残った二個のドーナツの行方を考えた。給食室へもどされて、あまったものとして捨てられるのか、それとも賄《まかな》いおばさん連中が食べてしまうのだろうか。

それならいっそのこと俺が食べても同じだ、と思っている矢先、級《クラス》の中でも勉強も出来て、運動も得意な和男が教壇に向かって歩き始めた。まずいミルクを飲み終えた健吉も、和男の姿を見て目に見えない力に引っ張られるように立ち上がると教室の前に歩き始めた。人に先を越されたくなかった。何が何でも自分がやって、人が真似をするのはかまわない。ドーナッツも俺がとりに行って、人が真似をするのはいいけれど、他人の後を追ったといわれたくない。そう思った途端に右手をバケッの底まで伸ばすと、ひとつのドーナッツをつまみ上げて自分の席まで戻った。続いて和男も同じようにやった。健吉は席に着くまで級友の顔はいっさい気にならなかったが、和男の動きははっきり見えたような気がした。

健吉はじゃが芋と人参の煮物は途中でやめた。腹は満足に脹《ふく》れてはいなかったが、何か人と違うことをたった今やった興奮が胃を縮小して、胸が痛くなるのを覚えた。

級友たちの目は、後ろの入り口付近に座っている和男と、南側の窓際の健吉に向けられていた。和男は得意になって二個目のドーナッツを頰張っていた。しかし、健吉は後ろめたい気持と、他の級友がやれなかったことをやった緊張から喉を通る様子もなく、空っぽになったパンの皿の上にのせて眺めるだけだった。

健吉は後悔した。一個目がうまくて、どうしてももう一個食べたいと思い勇気を出して取りに行ったのに、これでは食べられもしない。こんなことなら一個目をよく味わって食べるべきだったと思った。

帳面の一頁を破るとドーナッツを包んだ。給食を食べ終わって教室の外に出る級友たちの慌《あわ》ただしさの隙を見て、素早く紙包みをランドセルの空いた所へ押しこんだ。健吉にしてみれば、うまく捨てたように見せかけたつもりであったが、果たしてみんながそういう風に見てくれたかどうか、気をもんだのだった。

午後一時間授業があったが、帳面に包んでランドセルの隅に押し込んだドーナッツが気にかかって仕方がなかった。

家へたどりつくと勝代にドーナッツの包みをわたした。

「今日は先生《せんせ》と友達が休んだため、余ったドーナッツを貰《もろ》ォて来たんや。俺は学校で自分のは食べたさかい、お母ちゃんこれ食べ」

形の崩れたのを取り出しながら健吉はいった。形のなくなったドーナッツを半分にして、片方を源助に差し出した。目を細めて、半分のドーナッツをさらに細かくちぎって口に運ぶ母の顔を見ていると、昼間の気まずい思いは消えていた。

翌日、和男と健吉は担任の秋山に職員室へ呼ばれた。秋山は病み上がりらしく蒼い顔をしてゆっくり尋ねた。

「昨日のドーナッツおいしかった」

二人の児童は俯いたまま、顔を上げられなかった。

和男と健吉に共通していたのは、どちらも片親だった。健吉の父幸吉は戦死したが、和男の母親も、彼が幼いときに死別していた。秋山は一言いっただけで、後は睥睨《へいげい》したような目で二人の顔を見ていた。

健吉は考えていた。母親の耳に入ったらどうしよう、あの勝代のことだから、これが知れると嘆くだろうと思った。

「片親の子やさかい何んにも食べさせてないから、食い意地が張っていると人様に思われたら、お母ちゃんは恥しいやないか」

日頃、口が酸っぱくなるほど言う勝代の悲しむ姿が見えるようだった。

職員室を出た途端、健吉は身体中が熱くなり、やたら走りたくなる衝動にかられた。

余ったドーナツを和男と先を争うようにとった自分が、先生には親がいないためにいやしい子だと思われてしまったのを考えたとき、大声を出して、廊下の腰板を力一杯蹴っとばしたかった。

それっきりドーナツの問題は、秋山から言われたこともなく、また勝代の耳にも入らなかった。しかし、健吉にしてみれば職員室に呼ばれて恥しい思いをした日のことは一生消えなかった。

父親というものの存在を明らかにしてくれた秋山先生も忘れることはなかった。父はいなくとも生活の中でたいした苦労もなかった健吉にとっては、俺にも父親がいたらなど考えなかった。かつていたのも知らなかったし、涙ながらに戦死した夫の話をしている勝代の顔を見ていても、実感としてとらえることができなかったために悲しくもなかった。

級友たちの話を聞いて、父親とはいいものだとは思ったこともあった。それが担任の女教師の宿題によって否が応でも父親の存在を考えさせられ、惨めな結果になったのを決して忘れてはならないと思った。

七

師走の慌ただしい街中を勝代と健吉は、人込みの中で流されるように歩いていた。沈鬱な顔色の母親と、その後を小走りで懸命に追っている子供に、目もくれないでただ人々は通り過ぎていった。勝代も店中に並ぶ正月用品には無関心だった。

勝代はついに高男を手放す決心をして、その相談を終えて弥市の家から帰る途中であった。来年から高男は中学だった。三キロも歩けば市立の中学校があったが、勝代にしてみれば頭のよい高男を多少金がかかっても、程度のよい中学校へ入れてやりたかった。少しでも高男の学力をのばし、将来は大学まで出してよい会社に就職させたいと思っていた。それが夫を戦争で失った女の意地であり、夢でもあった。

今の状態では、程度のよい学校どころか、市立の中学校へさえ行けるかどうかわからないと考えていた。それでは高男の折角の能力が埋もれてしまうと悩み続けていた。

いい学校へ入れてやりたいが、針賃だけではとても適《かな》わない夢であった。思い余った勝代は、伯父の弥市に相談して、高男をよい学校に入れて学問させることを条件に手放す覚悟を決めたのだった。

幸い弥市も再三、高男か健吉どちらかの面倒を見たいと申し出ていたことによって、勝代の話に異存があろうはずもなかった。勝代にしてみれば我が身を引き裂かれるよりも辛いことだった。自分の我が儘のために、せめて高男だけでも貧乏の犠牲にしたくなかった。まして一度手放すと一生涯会えないということもない。会おうとすればいつでも会える近い距離ではないか、私さえ我慢すれば、高男はきっと偉くなる。そう思ったとき、長男を養子に出しても悲しくないような気がした。

一度思い込むと意地でもやり通す女だった。早速《さっそく》弥市に話すと、赤ら顔の伯父はたいそう喜んだ。顔を撫でるのが癖であるかのように、忙しく手を動かした。

「そうか、よう決心してくれたなァ。せやけど高男の方を貰《もろ》ォてもかまへんのか。健吉でもよかったのに」

弥市は不審そうな顔で何度も念をおした。事実、根っから職人のこの伯父は、おとなしい高男よりも乱暴な健吉が気に入っていた。

「かまいません。せめて高男だけでもええ学校出してやってください。それに将来ええ会社に入るには、父親と母親の二人がちゃんと揃てなあかんと聞きました。せやけど今のままやったら、父親がいませんからええ会社には入られしませんよって」

勝代は考え続けてきた言葉を一気に喋った。寝不足で充血した目に涙をいっぱいに溜めていた。

「ところで高男は承知したんか」

「ええ、あの子もよう聞き分けてくれまして……」

高男は聞き分けたのではなく、無理やり説き伏せられたのだった。勝代は、以前から今のままでは高男をよい中学に入れてやることもできず、その時期が来たときに手放してもよいと考えていた。そのため急に話を持ち出して高男を動揺させないように気を配っていたのだった。しかし果たして養子に出すかどうかもきめかねていたときだけに、常に中途半端で終わっていた。

「高男、あのなァ、高男は十軒町の伯父《おっ》ちゃん好きか」

「嫌いでもないけど、なんでそんなこと急に聞くのや」

「いやなァ、十軒町の伯父《おっ》ちゃんがもし、もしやでェ、お前をほしいいわはったら、十軒町の子になったげるかァ」

「そんなんそのときになってみやなわからへん」

三ヵ月後、ついにそのときがきた。勝代は、心の中では既に高男を手放すことに決めていた。あとは高男の返事を聞くだけであった。だが、彼がうんといわなかったら、折角決心したのがまたぐらついて、手放せなくなるのを恐れた。一方、気持のどこかでは高男が強引に拒んでくれれば、このまま手放さなくてもすむのにとも考えて、複雑な心境だった。

勝代は、思いきって高男を呼んで、話を切り出した。

「高男、十軒町の子になりたいと思わへんか」

「またかいな、十軒町の子ォにて、僕だけか。健吉はいかへんのんか。お母ちゃんやお祖父《じい》ちゃんも一緒やったら、あの家の子になってもかまへんでェ」

「いや高男だけや」

勝代はそこまで言うと胸がつまった。

「僕がこの家にいたらあかんのか」

勝代は泣いていた。前掛けを両手で顔に当てて、声を上げて泣いていた。

「高男も来年はもう中学や。せやけどお母ちゃんはお前をええ中学校に入れてやれへん。せやさかい十軒町の家の子になってもろて、ええ学校へ行って、将来は偉うなってええ会社に入ってもらいたいがな。高男やったらお父ちゃんのいやはる子よりもっと偉い人間になるやろォ。離れて暮らしててもお前が立派な人になってくれた方が、お母ちゃんは嬉しいわァ」

高男が口をはさもうとするのを制止して、一気に喋った。

「よっしゃ、わかった。そしたら僕は十軒町の伯父《おっ》ちゃんとこへ行くわ」

長い間考えていた高男は、すっぱりと言いきった。

勝代は、もしかしたらこれまで通り一家四人で暮らしていける可能性もまだあると思っていただけに、高男の言葉はそんな母親の夢を一蹴してしまった。勝代にしてみれば貧しくとも一家四人で生活が出来ればとの未練が完全に棄て切れていなかっただけに、高男の言葉を聞いた瞬間、崖から突き落とされたのに似た衝撃が全身を走った。

（これで何もかも終わった。まだ私には健吉がいる。せめて健吉だけでもずっと手元において、私の手で精一杯育ててやろォ）

勝代は高男を手放す悲しみを忘れようと、無理にも健吉を脳裏に焼き付けていた。しかし、高男の出発の日が迫るとともに余計に気にかかりだして、勝代を苦しめた。あの子は寝冷えするとすぐ下痢をするし、また風邪を引くとすぐ扁桃腺がはれる。考えると切りがなかった。

＊

正月気分も抜けて、松もとれたある日、健吉が学校から帰って見ると家の中に人影はなかった。井戸端か、さもなければ畑へ行けば誰かいるだろうとの見当もはずれていた。そういえば今朝は、兄と一緒に学校へ行かなかった。それに祖父も母も自分に対して、朝からいつもと違った態度で接していたのに気がついた。何かよそよそしく、言葉遣いにしてもしっくりしないものがあった。

「今日、兄ちゃんは用事があって学校休むさかい、健ちゃん一人で行くんやでェ。帰ってきてもびっくりしたらあかんでェ」

登校時刻に遅れまいと急いで粥《かゆ》を掻き込む健吉には、勝代の言葉に気も止めなかった。

健吉は火の気のない火鉢の前に胡坐《あぐら》をかいて、戸棚から出してきた茹《ゆ》でたじゃが芋を齧《かじ》りはじめた。芋は冷えきっていて、冷たさが歯茎の中まで滲《し》み通ってきた。火もなく、人もいない家の中で、ただ一人で冷たいじゃが芋を食べている自分が切なかった。

源助と勝代が帰って来たのは薄暗くなりかけた頃であった。家の中は既に人の顔を判別できるほど明るくはなかった。だが、健吉には母や祖父が今しがたまで泣いていたのを声で察した。

「健ちゃん、寒かったやろォ。今直きに温《ぬく》いもん作るさかいなァ」

精一杯に平静を装った勝代であったが、鼻声で、時どき高い音をたてて鼻を啜《すす》り上げた。ショールをとって健吉に掛けると、逃げるように炊事場へ立ち去った。まだ母の暖か味と、安白粉の匂いの残るショールを首に巻いた健吉も、勝代の後を追って台所へ来た。

朝、出掛ける前に仕掛けておいた鍋の下に枯れた松葉を放り込む勝代は、力なく動作も緩慢だった。勢いよく燃え上がる竈《かまど》の向こうで、炎に照らされた真ッ赤な勝代の顔を見た。しかし、両目から頬に伝わる二筋の銀色に光る涙の跡も見た健吉は、悪いものでも見たように静かに奥へ入ってしまった。同時に源助も、健吉に何か聞かれるのを恐れるように、風呂を焚き付けてくるわァ、といいのこして立って行った。

幼い健吉にも、二人の態度を見て何かあるのを感じた。また、小さいとはいえたった一人だけ除け者にされているのを知って腹が立った。それよりも兄の姿が見えないのを気にしていた。間もなく寂しい夕食が始まった。健吉は、茶碗の音もさせないように気を配りながら箸を動かしている源助と勝代を交互に見た。兄のことを聞くのが恐ろしかった。が聞かなければならないと思った。

勝代も健吉から聞かれるのが恐ろしいと思っていた。いっそのこと聞かれない前に話してしまおうかとも考えた。ただそれにはあまりにも長い時間、黙り続けていたような気がした。しかしいずれは話さなければならないことを考えると、今この場で話してしまった方が気が楽になるし、悲しみも一度で済むと思って、言葉の取っ掛かりを探した。

「この大根、急いで炊いたさかいまだ堅いなァ」

勝代は長い沈黙を破った。

「兄ちゃんはどこへ行ったんや」

母の言葉など聞いていなかったように、健吉は今まで疑惑となり、膨れ上がっていた気持を一気に打《ぶ》つけた。勝代は何から話してよいか戸惑っていたが、話す決心さえ出来るとやがて噛んで含めるように口を開いた。

「ええか、健吉。兄ちゃんは十軒町の伯父《おっ》ちゃんとこの子になったんや。もう帰って来やへんから、健吉も淋しいやろォけど辛抱してや」

今はわからなくともいつかはわかってくれるときがあると、多くは言わなかった。自分自身にも、それ以上いうと涙がとまらなくなるのを知っていた。健吉は母のいった言葉の意味がわからなかった。箸の先を口の中にくわえたまま、涙を拭っている勝代の顔を見ていた。源助は二人の顔を見ているのが辛くて箸を投げ出すように置くと、汁椀を茶碗に重ねて、立って行った。

長い間、重苦しい時間が続いた。薄暗い電灯の下で、俯き加減の勝代の顔は昼間見るよりも彫が深く感じられた。

「兄ちゃんはずっと伯父《おっ》ちゃんのとこへ泊まるんか」

やがて健吉は羨ましそうに口を開いた。

「兄ちゃんは伯父《おっ》ちゃんとこへ遊びに行ったんとちがうで、勉強しに行ったんや。健ちゃんも中学生になったら伯父《おっ》ちゃんとこへ勉強しに行かなあかんでェ」

勝代一人の針仕事では充分な養育費が出せないために養子に出されたとは知らない健吉は、高男と離れて暮らす実感よりも、十円玉一個を持っていつでも駄菓子屋へ行ける立場にある兄が羨ましかった。だが、勉強と聞いて一瞬怯《ひる》んだ。健吉は、通信簿の点数は悪くなかったが、机の前に座るのが苦手だった。勝代はそんな健吉の弱点をついて、兄の後を追って十軒町へ行きたがるのを止めたつもりだった。

「健ちゃんも一生懸命勉強しとうなったら十軒町へ行かせたげるからね。

それにしてもお父ちゃんさえ生きていてくれはったら、この子らにも苦労させずに済んだのになァ」

後のほうは健吉に聞こえなかった。子供を養子に出すことが父が戦死して、収入の道を断たれた一家が生きていくための最良の方法であったが、小さい健吉にはわからなかった。勝代は考え、迷い、そして長い時間かけて結論を出したが、今こうして健吉と二人っきりで食卓に向かっているのが一番辛いと思った。何んにも言わずにただ母親の言葉に従って十軒町の家へもらわれていった高男と、無理やり仲の良かった兄と引き離された健吉には憐憫の情がこみ上げてきた。

戦争さえなかったら、今頃は何不自由なく暮らしていただろうと思うとき、改めて戦争の悲惨さを考え、呪わずにいられなかった。今すぐ私の夫を、あの子らの父親を返してほしいと叫びたくなったときが、これまでにも何度かあった。その度に持って行き場のない憤りと悲しみが、勝代を襲って苦しみ抜いたものであった。だが、可愛い長男を養子に出さなければ一家の生活が成り立たないまでに圧迫された今度だけは、戦争は勿論、国の無策を痛いほどに味わされた思いだった。

たとえ女とはいえ子供一人を手放さなければならなかった自分の不甲斐なさが情けなかった。同時に、あの人さえ生きていたら子供たちにも苦労かけずに済んだのにと思うと、夫を亡くしたのが自分の責任であるかのように、済まない気持が勝代の胸をしめつけた。

健吉もそれからは兄について話そうとしなかった。聞きたいとも思わなかったのか口にも出さなかった。しかし、日曜日になると天気さえよければ十軒町へ行きたがった。一人で行くことが多かった。

*

勝代が自分の手足をもぎ取られたような苦しみの中で、高男を十軒町の義兄のところへ出してから二ヵ月近くが経った。高男は、勝代の期待通り進学率の高い中学校の入試に合格した。母として子供にしてやれることの第一段階を通り過ぎ、これまで責任の一部を果たした爽快な気持に浸っていた。

しかし、気持の奥では、今からでも遅くはない、高男を引き取ってもう一度みんなで苦労をしてもよいという思いが頭を持ち上げていた。が、やはり子供たちはこれまでのような苦労はかけたくない気持とが交錯して、じっとしていられなくなるときもあった。子供は手元に置いて自分の手で育てたいし、といって少しでもよい学校へ入れて学問を身につけさせたい複雑な気持でこの数ヵ月間を過ごしてきたのであった。

今、高男が名門中学校に合格した以上、もはや貧しい母親としては諦めるより他に方法はなかった。勝代の針仕事ではとうてい払いきれない月謝であったし、まして高男に度度近づくことは彼の勉学の邪魔になるとも考えた。それからというものは健吉にも十軒町へ行くことを厳しくやめさせた。勝代にしてみれば、どうしても父親のいる子供にはすべてのことにおいて負けてもらいたくなかった。それは即《すなわ》ち母親の体裁にも繋《つな》がるものであった。

勝代は心を鬼にして、会いたいのをじっと我慢する日日が続くのであった。

健吉も小学校の四年生になった。彼には兄がもらわれていった悲しみはそれほど深刻ではなかった。活発でなかった高男は、健吉が大きくなってから既に彼の遊び相手にはなり得なかった。行動的な弟には到底ついていけなかった。そのため高男がいなくなった後も、健吉は不自由も感じなかったし、寂しいとも思わなかった。

ただ、兄を気遣う母の言葉を聞いたとき、幼い胸にも切なさが溢れていた。

新学期が始まり健吉も学校に通い出してしばらくたったある日から、軍人恩給が復活した。終戦とともにマッカーサー司令官の命令によって中止されていた扶助料の交付が始まったのである。八年ぶりに復活した恩給であったが、神武景気以来の急激な経済の伸びによって国内は不況の波が押しよせていた。物価は一日毎に騰貴し、国民の生活は日増しに苦しくなっていった。

勝代のもとに届いた公務扶助料は、軍人恩給として年間三万余円であった。幸吉が生きていれば俸給は年間八万七千六百円と仮定して、それから割り出したのが三万余円であった。

この頃、源助も寝込む日が多くなり、収入は勝代の針仕事の手間賃に頼っていた。だが、インフレにもかかわらず人の好い勝代は、手間賃の値上げを持ち出せなくて、長い間続いている低い賃金しかもらえないで帰って来ることが多かった。そのために、従来の三倍も四倍も針目を増やさなければかつての生活すら維持するのが困難な状態であった。ところが暗い電灯の下で長年の針仕事によって勝代の視力は極度に落ちて、予定の半分もこなせない月もあった。

軍人恩給の復活はそのような時だけに勝代は嬉しかった。だが、あまりにも金額が少な過ぎた。しかも年二回の交付では、用をなさなかった。それでも復活第一回目の交付のとき、勝代は証書を大事に持って郵便局へ行ったのであった。しかし、針仕事の手間賃も軍人恩給も急速に進行するインフレには焼け石に水であった。

＊

やがて勝代たちの家の周りも開発の波が押し寄せてきた。高いところの土を削り、谷底にある田圃を埋め立てて平らにし、総合グランドを造る計画が持ち上がった。まもなく多くの人々がその工事に駆り集められた。市の失業者対策として始められた工事は、機械力は一切使わずに全て人の手によって進められることになった。それも九時前に事務所の前に集まって登録した後、仲間と三三五五寄りそって腰を下ろして雑談で時間を稼ぎ、やっと仕事を始めるのが十時過ぎである。仕事といってもある者は山をつっつく程度にツルハシを振り下ろし、またある者は削りとった土をモッコに担いで田圃に捨てる単調なものであった。男なら両端にモッコをぶら下げ天秤で担ぐが、女は二人で一ツのモッコを担ぐのである。それもシャベルで二杯も土を入れればそれで捨てに行く具合であった。そして十一時半頃から一時過ぎまで昼休みをとり、午後は三時前に賃金をもらって帰っていくのが日課であった。

勝代は、仕立て物を依頼主に届けての帰りなどのろのろ生気なく、怠慢な人々の群れを横目で見ながら通り過ぎていた。

(あんな調子でお金がもらえるんやったら私《わて》にもできるわ)

いつもそう思っていた。事実、暗い電灯の下で、よく見えない目を瞬《しばた》いて針仕事をするよりも、身体を動かす労働の方が楽だと考え、やがて、私もここへ働きにこようかと真剣に思いつめるようになった。

(健吉も手がかからんようになったし、あの程度の労働時間やったらお祖父《じい》ちゃんの面倒も見られる)

そう決心した翌日から勝代は、みなと同じようにモンペに地下足袋を履き、白い割烹着を身につけて、頭は手拭いで姉さん被りにして出かけて行った。

だが、当初思っていたほど楽ではなく、また傍《はた》でみるほど愉快な職業でもなかった。まして朝は健吉を学校に送り出し、食事の後片付けをした後に出かけ、そして昼食どきには家へ帰って源助の食事の用意をして、再び午後の仕事に出る。そして夕方は健吉が帰るまでに家にいて、食後から夜中の一時過ぎまで針仕事をするのであった。

最初は馴れないモッコ担ぎで、身体のあちこちが痛くなった。それでも頑張った。何よりも行けば二百二十円の日銭が入ってくるのが嬉しかった。さすがに金はもらえなかったが、仕事のない雨の日が待ち遠しく思ったことが度度であった。それでも勝代はやっと仕事の要領を覚え、馴れて身体も楽になると天気の日は休まずに出かけて行った。

じっとしていても汗ばむようになったある日、健吉は学校から帰るなり、午前中雨が降っていたため勝代に尋ねた。

「お母ちゃんがニコヨンか」

「えッ、何んやてェ」

健吉が尋ねた意味もわからなかったが、何んと答えてよいかもわからなかった。勝代は途端に心臓の鼓動が大きくなったような気がした。

「ニコヨンて何んや、なァ、教えてェな」

健吉は執拗に聞きたがった。勝代は返答に困った。父親がいないだけで極力惨《みじ》めな思いをさせないでここまで育ててきたのに、今ここで下手なことを言うのはこれまでの苦心が水の泡になると、長い時間考えた。父親のない子の母はニコヨンだと、みんなにいわれるのが可哀相だと思った。それを健吉自身がうまく理解してくれれは問題はないが、間違った解釈をされると一生取り返しがつかないと考えると苦しかったし、早く答えてやらなければと焦った。だが、適当な答えはでてこなかった。

「一体どないしたんや、急にそんなこと聞いたりして」

答えられる言葉が出てくるまでの時間稼ぎに、逆に尋ねてみた。

「うん……、あのなァ、学級《クラス》の奴等がなァ、『お前のお母ちゃんはニコヨンや』というんや」

健吉はニコヨンそのものの意味はわからなかったが、感じからよい方ではないことを悟っていた。

勝代の肩は大きく震えて、呼吸も荒くなった。健吉に学校で恥しい思いをさせたことを、心の中で詫びた。

ニコヨンとは職業安定所から仕事をもらう日雇い労務者のことで、一日の日当が男で二百四十円であったことから一般にいわれていた。

「なあ健ちゃん、お母ちゃんはなァ、健ちゃんがちゃんと学校へ行って立派な人になってくれたらそれでええのんや。せやさかい何んにも心配せんとき」

健吉の質問に対して答えにならないことをいいながら次の言葉を考えた。

「ニコヨンというのはなァ、役所から仕事をもらうことや。内《うち》にはお父ちゃんがいやはらへんさかい、その代わりにお母ちゃんが働いてるんや」

「ふうーん」

勝代の言ったことがよくわからなかったように健吉は生返事をした。

「お母ちゃんが働かな健ちゃんもご飯が食べられへんやろォ。みんなが何か言うたら、お母ちゃんは死んだお父ちゃんの代わりに働いているだけやて言うとき」

勝代は、日雇いでもちゃんとした仕事や、人に後ろ指を指されるようなこともないし、恥しいことでもないと、自身にも言いきかせていた。

健吉が、彼の同級生からニコヨンの子といわれたのは勝代にとってショックだった。情けなかったし、悔やしかった。幼い健吉だって好き好んでニコヨンの子になったのではないと思うと、熱い涙がこみ上げてきて、健吉を胸の中に抱き込んだ。健吉も、今は何もわからなくてもそのうちきっとこの涙の意味をわかってくれるだろうと考えると、健吉の背中に回した両腕に一層力が入った。

八

健吉は高校三年生になった。公立の付属中学を出て、県立の高校に通っていたが、相変わらず勉強は嫌いだった。しかし、いつか担任の教師が勝代に言ったように、健吉は頭がよかった。そのために勉強さえすれば学校の成績がもっと良くなるとも言った。

だが、健吉にはその気は毛頭なかった。健吉は、片親の子供は所詮勉強したところで学校の成績は上がるだろうが、よい会社には入れないと信じ込んでいた。この気持が健吉の身体中を支配して、学習意欲を消沈させていた。

事実、当時としてはどんなに人間が立派で学業成績がよくても、片親で育った子供は会社側で受け入れないとの風潮が世間一般に流れていた。

健吉は、そのために授業は熱心に聴いたが予習復習と名のつくものは一切やったことがなかった。それでも成績はクラスの中の上であった。

高校三年になると、進学と就職のクラスにわけられるが、健吉は進学クラスに籍をおいていた。勝代の強い希望もあってのことだが、健吉にとっては考えるところがあってのことだった。

彼は北海道へ渡りたかった。片親がために行きたい会社へも行けないようならいっそのこと人間を相手にせずに、広い自然と共に暮らしたいと考えていた。父親が戦死したために成長するに従って健吉の心は荒《すさ》み、陰気になっていった。人の世界で住むのが煩《わずら》わしく、それならば広い牧場で馬や牛を相手に暮らした方が引け目を感じなくて済むと思うと、いつしか北海道に憧れ、夢にまで見るようになっていた。世捨て人といわれようが、ひねくれ者といわれようが、絶対そうすると強く心に決めていた。

進学調査のとき、健吉は志望校を書き入れる欄すべてに、北海道の酪農関係の学科のある大学名を記入した。それを見た教師は、早速《さっそく》健吉を呼び出して事情を聞いた。

「君は本当に北海道へ行くのか。家族の人たちはこれを知ってるんやろうな」

精神病患者でも扱うように、信じられんという顔つきで健吉を睨みつけた。

「母はまだ知りません。しかし、僕は父親がいませんからどっちみちええ会社には入れへんのとちがいますか。それやったらいっそのこと北海道の牧場で、職場を見つけたいと思います」

「それは君の思いすごしや」

慰めとも、気休めともつかないふうに言った担任教師は、重荷をかかえこんだように当惑顔で言った。

この少年は僻《ひが》み根性だけで将来を測っている、今の間に止めなければ一生まちがった方向へ走ることになると教師は思った。だが、北海道へ行くからといって、彼がまちがっているとは考えられない。むしろこの少年のいう通り幸せならばとの考えが交錯している間に、予言者でもない教師が軽々しく人の将来を決めてはいけないと思った。そこでとりあえず母親にだけは相談することにして、事のあらましを手紙にして書き送った。

教師からの手紙を受けとった勝代は驚いた。よりによって自分の目の届かない北海道へと思うと、頭から血の気が引いて行くようであった。どうしても思いとどまらせようと決めると、頭から反対した。

「なんで北海道へなんか……。お母ちゃんは絶対行かさへんでェ」

「俺はもう決めたさかい絶対にいくでェ」

「あんたを北海道へ行かせるために今まで大きィしたんとちがうで。高ちゃんは十軒町へ行ってしもたし、またあんたが北海道へ行ったら、一人残ったお母ちゃんはどないしたらええのんや」

涙もろい勝代は泣き出した。

源助は三年前に他界し、高男は十軒町に養子に行ってからというものは、弥市とシズ子をお父さん、お母さんと呼んで暮らしていて、既に生みの親の愛情が届かないところにいた。健吉もそんな母の切ない言葉を聞くのが辛かった。泣きごとを並べられた健吉は、やはり考え方を一歩後退させるべきだと思った。

「北海道へ行くのはやめるさかい、せめて東京へ行かしてほしいのやけど……」

恐る恐る妥協案を出してみた。

「まだそんなこと言うてんのか。そんなにお母ちゃんと一緒に暮らすのが嫌なんか」

「そうやない。十軒町のお祖母《ばあ》ちゃんもお母ちゃんもよう言うてたやないか、お父ちゃんは国のために立派に戦ォて死んだて。もしそれが本当《ほんま》やったら、俺もどこへ行ったかて一人で立派に暮らせるやろ」

勝代は黙って健吉が言うのを聞いていた。

「立派に戦ォて死んだお父ちゃんの子かどうか自分で試してみたいんや。そのためには、知ってる人が傍《そば》にいることはマイナスや。せやさかい北海道があかんかったら東京へやらしてえな」

健吉のいうのを聞いて、勝代は彼を東京にならら行かしてもよいと思うようになっていた。息子と二人きりでゆっくり話したことはなかったが、急激な成長ぶりを改めて驚いた。その間にも健吉はなおも喋り続けた。

「東京やったら会社もいっぱいあるさかい、働きながら学校へ行く。学費のことは一切心配することないでェ。それで逃げて帰って来るようでは、俺のお父ちゃんもきっと立派に戦ォたんとちがうで」

そこまでいわれると勝代も、健吉を東京に行かせることに決めた。この子ならきっと立派にやって行くやろ、なんせあのお父ちゃんの血を引いてるさかいなと思うと、笑みさえ浮かべた。それからの母は泣かなかった。

＊

翌年、健吉は二期校ではあったが国立大学へ入った。

東京へ発つ夜、奈良駅には十軒町の伯父をはじめ数人の見送りの人々が集まっていた。目を赤く泣き腫らした勝代は、それらの人一人ずつ丁寧に頭を下げて礼を言って歩いた。高男も姿を見せた。しばらく見ない間にすっかり大学生らしくなっていた。健吉と目が合ったとき、柱の陰に行くよう顎で合図した。

「ともかくお前の気持は聞いた。あとは一生懸命やって来たらええわ。お母ちゃんのことは心配すんなよ。十軒町で一緒に暮らすことにやるやろォ。それに身体《からだ》には気ィつけよ。無理して金儲けせんと勉強して、それで金が足らんようになったら俺の方へ言うたらええわ、お母ちゃんには内緒でな……」

高男は早口で喋ると、さっさと見送りの列の中に戻った。嬉しかった。気になっていた母の今後も心配なくなった。あとは精一杯やってみるより他はないと、健吉は考えた。兄の笑った顔に元気づけられて、きっとうまくいくと思った。

やがて改札のアナウンスがあった。とりあえずの身の周りのものを詰めたボストンバック一個だけをもって、健吉は大和に乗り、席だけ確保すると再びホームへ降りて、弥市に母のことを頼んだ。

発車のベルが鳴ると勝代はまた泣き出した。みんなの一番うしろで、赤く腫らした目だけを出して、顔をショールで隠していた。列車が動き出しても母だけは動かなかった。やがてホームも遠ざかり、左手にガスタンクだけが黒々と聳《そび》えていた。健吉は窓を閉めた。そこには、これからの苦労を承知で家を飛び出した男の顔が映っていた。二等車の固い座席にもたれて、飛び去る電灯をじっと見た。未来に向けて、夜汽車はだんだんスピードを上げていった。

〔完〕

【著者紹介】

茶山信雄（ちゃやま・のぶお）

昭和18（1943）年、奈良県に生まれる
昭和41（1966）年、国学院大学神道学科卒業
卒業後、新聞社勤務を経て月刊雑誌「丸」編
集部に勤務。豊田穣、秋本実らと親交を結ぶ。
平成8（1996）年10月没。

父と子の戦争

二〇〇五年三月三十一日 第一刷

著者 茶《ちゃ》山《やま》信《のぶ》雄《お》

発行人 藏屋武三郎

発行所 元《げん》就《しゅう》出版社

〒171-0022 東京都豊島区南池袋四―二〇―九
サンロードビル2F・B
電話 〇三―三九八六―七七三六
FAX〇三―三九八七―二五八〇
振替〇〇一二〇―三―三一〇七八

印刷 中央精版印刷

落丁・乱丁本はお取り替えいたします。

ISBN4-86106-024-9 C0095